新潮文庫

悶絶スパイラル

三浦しをん著

新潮社版

9512

悶絶スパイラル　目次

二章　日常ニュートラル

三章　豪速セントラル

四章　妄想カテドラル

悶絶スパイラル

まえがき　衝撃インペリアル

はじめに本書の内容を説明すると、身近な出来事や友人とのやりとりについて綴《つづ》った、「日常エッセイ」ということになろう。

でも、「日常エッセイ」とか「ほのぼのエッセイ」とか、そういうレッテル貼《は》り（？）が私は大嫌いだ！

ま、このエッセイを読んで「ほのぼの」と感じるひとは少ないと予測されるが。「ぎすぎす」はしていないけれど、「ほのぼの」でもない。そのあわいを縫って生きるべく修行中であります。

えーと、なんの話だったっけか。そうそう、「日常」などという実態の定かでない言葉で規定するのではなく、もっと自由かつニュートラルに、このダメダメな毎日の内実を受け止めたいと思うの！

……あれ？　ダメダメな毎日。それすなわち、私にとっての「日常」ではないか。

しょぼん。やっぱり本書の内容は、「日常エッセイ（かなりダメ寄り）」でした。しょぼんしょぼん。

　だけど日常って、本当に不思議なことがいろいろあるものだ。先日、「スーツを着用し、蝶《ちょう》ネクタイをしているのだが、さらにループタイもしている四十代ぐらいの男性」を新宿駅で目撃した。どういうことなのか、咄嗟《とっさ》に脳が理解を拒否した。咄嗟の瞬間が過ぎたいまも、あの着こなしを思い返すたびに脳が混乱状態に陥る。

「蝶ネクタイ＋ループタイ」！　念の入った過剰さだが、こういう過剰は大好物だ。彼のなかで、いったいなにがどうなって、この過剰へ至ったのか。
一、「蝶ネクタイ＋ループタイ」は彼のポリシー。
二、蝶ネクタイあるいはループタイだけを装着したところ、なんだか地味に見えたので、「だったら両方つけてみたらどうかな」と、その日たまたま思いつき、実行に移した。
三、蝶ネクタイとループタイを両方装着し、「どっちがいいだろう」と鏡のまえで検討していたのだが、そうこうするうちにお湯が沸いたり宅配便のひとが来たりして取り紛れ、両方装着している事実を忘れたまま外出してしまった。
　いずれであったとしても、私は「蝶ネクタイ＋ループタイ」の過剰を愛す！　この過剰を発して、なおも霞《かす》まない彼自身の存在感を愛す！（おそるべきことに、けっこう似合っていた……）

　えーと、なんの話だったっけか。そうそう、彼に「変人」のレッテルを貼ることは簡単だ。しかし私は、そうじゃあないと思うのだ。彼は彼の日常を生き、私は私の日常を生きる。偶然、彼と私の日常が新宿駅構内で一瞬交差し、私は「蝶ネクタイ＋ループタイ」から多大な衝撃と刺激を受けた。それだけのことを、それだけのこととして、楽しく書き記していきたいのだ。

　そういう姿勢でありたいと願いつつ書いたのが、本書に収められたエッセイです。自由かつお気軽にお楽しみいただければ幸いです。

一章　魂インモラル

きれいなお姉さんも下痢で苦しみます

この一週間は、ずっとトイレとパソコン前を往復していた。

原因不明の下痢に襲われ（尾籠《びろう》な話で恐縮です）、体を縦にしても横にしても絶え間なく腸が痛んでいたのである。しかし本日、せっかく少し減った体重ももとどおりになってしまった。無事に全快したとたんに調子に乗って、オ◯ジン弁当の「ハンバーグ焼き肉弁当」などという、男子運動部員のようなメニューを食したのがいけなかったか。ダイエットだと思って堪え忍んだ、一週間の下痢はなんだったのか。苦しみ損という感じだ。

下痢のあいだも、本屋に行くのはやめられない。だいたい十五分間隔で便意をもよおすので、火宅を出るまえにトイレに行き、駅でもトイレに行き、電車に乗って隣町の大きな本屋に着いたらトイレに行き、本屋で漫画を物色しておいてからトイレに行き、レジで会計を済ませて隣町の駅でトイレに行き、電車に乗って最寄《もよ》り駅に着いてトイレに行き、無事火宅に帰ってまずトイレに行った。トイレに行くために外出してるとしか思えないスケジュール（?）だ。

そうして火宅に着いたところで、吉田秋生《よしだあきみ》の『櫻の園《さくら》』を買いそびれたことに気づく。読み返す必要があるのだが、火宅の押入（漫画でいっぱい）からどうしても発掘することができず、「また買うしかない」と思っていたのだ。それなのに、便意に気を取られていて忘れてしまった。

ぬぬぅ、どうするか。もう一度、隣町の本屋まで行く気力はさすがにない。近所の本屋さんで売ってるかもしれないから、ちょっと覗《のぞ》いてこよう。

私はまたトイレを済ませ、果敢に外出した。なにしろ次の便意に襲われるまで十五分の命であるから、迅速に行動せねばならない。痛む腸をさすりつつ、鬼気迫る形相で近所の本屋まで小走りした。『櫻の園』はなかった。がっくり。いやしかし、近所の小さな古本屋になら、もしかしたら置いてあるかもしれない。近所の本屋を飛びだし、近所の古本屋目指して、親の仇《かたき》を討ちにいくかのごとき形相で小走りした。『櫻の園』はなかった。がっくり。だがしかし、清原《きよはら》なつのや陸奥《むつ》A子《エーこ》のりぼんコミックスが、五十円で大量に売られていた。もう持ってるが、五十円で売られてるのを見過ごすことはできない。なんだかんだ含めて十九冊も買い、重い紙袋を片手に提げることになる。ピコーンピコーンゴロゴロゴロ。まずい、腹のカラータイマーが。けれどもう重くて小走りすることすらできず、脂汗《あぶらあせ》を滴《したた》らせながら火宅に向けて歩を進める。「出るなー、ここで出たら死ぬぞー」。雪山で励ましあう人々のような形相である。ま、まにあった……。火宅のトイレに転がりこんだところで十五分。

あなたはあほですか？　はい、あほです！

そんな和文英訳問題が脳裏をよぎった便座のうえ。

どうするんだよ、『櫻の園』は。道行くひとに、「『櫻の園』持ってますか？　あ、持ってる。すみませんが至急必要なんで、ちょっと貸してください。お宅まで取りにうかがいますから」って頼もうかしら。十人ぐらいに聞けば、たやすく保持者に行き当たりそうだ。

…………。あいかわらずの日々を送っております。みなさまお元気でおすごしでしょうか（あまりにも馬鹿《ばか》げたマクラだったので、仕切直しを目論《もくろ》んでいるらしい）。

腹具合がちょっと快方に向かいつつあったある日、私は本宅へ行った。もう十五分おきにトイレに駆けこまなくていいから、本宅にも余裕でたどりつける。ふんふーん、と本宅のソファで勝手にくつろいでいたら、弟が現れた。

いつもだったら、「なんでまたおまえが入りこんでるんだよ！」と怒られるところ

だが、その日は違った。友好的な態度で、

「おい、『電車男』の映画は見たか」

と聞いてきたのだ。

「見てない」

「見ろ」

間髪を入れず、指令が下る。「中谷美紀《なかたにみき》がすごーくすごーくいいぞ。俺はいま、電車内で中谷美紀を助けるスタンバイが、完璧《かんぺき》に完了している」

「あほじゃないの。なんでまた、『電車男』を見にいったのよ」

「中谷美紀が出てるから」

永遠の中谷美紀ループ。あーそーですかー、と聞き流す。

弟は昔っから、中谷美紀が好きなのだ。芸能人のなかでも特にキラキラしてるひとに、身の程知らずにも惚《ほ》れるあたり、さすが我が弟と申せよう。

私も中谷美紀はかなり大好きな顔の女優さんなのだが、

「でもちょっと心配なほど痩《や》せてない？」

と悪あがきしてみる。弟は、

「痩せてるぶんには全然かまわないね、俺は」

と言う。なにさまなのかね、おまえは。

「でも一番よかったのは、みきたんがショートカットだったころだけど」

はいはいはい。ショートカットの中谷美紀がどれだけかわいかったかは、これまでにも百万回ぐらい聞かされてきたから。それよりあんた、「みきたん」ってのはなんなのよ、「みきたん」ってのは！

「2ch用語っぽく言ってみた（それたぶん、絶対まちがってるし）。俺これからは、携帯メールとかも2ch用語で打つことにする。おまえもそうしる。よくわかんないけど」

「『しる』って言うなー！　そんなしゃべりかたする弟、あたし断じてやだからね！」

「いや、『電車男』見ろって。俺は思わず本のほうの『電車男』（新潮社）も買ったね。千三百円もしたけど、読んだら『キター！』（また2ch用語か？）って感動したね」

活字を全然読まない弟にとって、「本に千三百円」というのは思いきった出費なのである。まったく嘆かわしい。しかしそんな弟をも感動させるとは……。私は俄然《がぜん》、『電車男』を読みたくなった。恥ずかしながら、まだ読んでいなかったのだ。

「ねえねえ、私にも貸して」

「いいぞ、読め。いますぐ読め」

弟はすぐに『電車男』を部屋から持ってきて、貸してくれた。それで弟の監視のもと、読みはじめたのだが、『電車男』はインターネットの掲示板のやりとりをほぼそのまま再現してあるため、慣れないうちはちょっと手間取るのだ。

「なんか読みにくいなあ、これ」

「そうかな。でも中谷美紀も、『読みにくかったです』って言ってた（直接彼女から聞いたみたいに言うなあ、こいつ）」

「あらそう？　中谷美紀と同じ発言しちゃった？」

と、まんざらでもない思いで言ったとたんに、

「発言は同じでも、外見がな。ぜんっっっっっっっっっっぜん違うからな」

と光速でしかも力強く打ち消される。はいはい、わかってますよ、そんなこと。

読みにくいので、パラパラと先のページをめくってみたりして、

「ちゃんと順に読んでかなきゃ、感動も半減なんだよ！」

と弟の指導が入ったりしつつ、そのうち私はどんどん『電車男』に夢中になっていった。お、おもしろいなこれ！

読書に没頭しはじめた私の隣で、弟はまだ「みきたん」への愛を表明している。

「しかしなあ、あの美しい中谷美紀と、おまえは年もそう違わないんだろ？」

「うん……、私の友だちの友だちが、中谷美紀と同級生だったって聞いたことあるよ」

「信じらんねえなあ。コレと同年代、いや同じ生き物だということからして、信じらんねえなあ」

「ちょっとうるさいわねえ、あんたは！　あたしはいま、『ぬおお、電車男がんばれ！　いやむしろ俺が電車男だ！』って勢いで応援してんのよ。中谷美紀と比べられたって、私としても困るわよ！」

「中谷美紀を見るたびに、『きれいなお姉さんは好きですか』ってＣＭのキャッチフレーズを思い出すよ。『はい、好きです！』って心のなかで叫ぶ俺だよ。なのに現実は、コレだもんなあ」

「集中できないから静かにしろっつってんだよ、この愚弟が！　充分きれいで愉快なお姉さんだろ！　なんか文句あんの！」

「あるに決まってる」

もういい。おまえは夢を見てろ。私は電車男に「激しく萌《も》え」だ。なんて誠実で頑張り屋さんなんだ、電車男は。

「『女性専用車ができたおかげで、痴漢に間違われる恐れが少しは減ったよ』なんて、他人事《ひとごと》みたいに言う男どもに、電車男の爪《つめ》のアカでも煎《せん》じてやりたいわね」（電車男は、車内で酔っぱらいに絡《から》まれてる女性客を助けるのである）

「そんなに見て見ぬふりをするひとって多いのかな。俺は痴漢にあっているひとを見かけたら、割って入ると思うけどね」

「ふん。中谷美紀みたいな子が痴漢にあってたら、じゃないの？」

「いやいやいや、顔は関係なく、マジな話、フツーはそうするだろ」

「あんたみたいな男性が、もっと増えるといいと思うわ」

常に弟教育を怠らない私は、褒めるところは褒めてのばす主義である。「いえ、性別に関係ないわね。私だって、痴漢にあってるひとを見かけたら、『ちょっと、なにしてるんですか！』って助けに入ると思う。そういう自分でありたいと思いまっす！」

「まあなあ、おまえは痴漢にあうより、痴漢してるやつを見かけて撃退するキャラだよなあ」

どういう意味かね、それは。前言撤回だ。おまえみたいに無神経な男は、赤点で補習だ！

『電車男』を火宅に持ち帰った私は、その晩のうちに読み終えて弟に電話をかけた。

「キタキタキター！　ぐすんぐすんぐすん」

「キタだろキタだろー！　えぐえぐえぐ」

バカ姉弟二人！

ボギーは肉をがっつく

あー、洗濯してる場合じゃない。飯食ってる場合じゃない。本読んでる場合じゃない。

でもそういうときにかぎって、暑くて汗かいちゃうし、おなかは減っちゃうし、おもしろい本に出くわしてしまうのだ。ちなみに弟いわく、未《いま》だに梅雨明けを認めないというか、梅雨がなかったこと自体を認めないのは、気象庁とうちの母だけだそうだ。まったくだ。

時間感覚が大幅におかしくなっているので、早朝からゴンゴンと洗濯機をまわしてしまった。まわして十分ぐらい経《た》ってから、「あ、まだ朝の七時なのか」と気づいたのだが、どうやって途中で止めればいいのかよくわからない。下の階のひとに心のなかで謝りつつ続行する。

洗濯って、干すのと畳むのが面倒なんだよな。ご飯って、作るのと片づけるのが面倒なんだよな。中学生ぐらいのとき、いわゆる「無頼派」の作品が好きだったのだが、いまとなっては「おまえらのどこが『無頼』なんだ」と憎しみを覚える。ちゃんと嫁さん子どもがいるじゃねえか。家庭生活破綻《はたん》してるようで、面倒みてくれる女がいつでもいるじゃねえか。日常生活の雑事から解放されて、カルモチンをキメながら机に向かってりゃ、そりゃあ傑作が書けるよな。こちとら破綻する家庭すらないぜ。ちくしょー。うらやましー。

汚さでは安吾《あんご》も顔負けな部屋で一人、見当違いな妬《ねた》みとそねみに身を焦《こ》がす。妬んでる場合じゃない。あ、洗濯が終わった。干してきます。ちょっと失礼。

……干してきました。さて、暑くなってくると、みんな窓を開け放つので、いろんな音が聞こえてくるのがおもしろい。私が住んでるアパートのまわりには、学生さん向けのアパートが林立している。

そのうちの一室には毎晩のように学生たちが集い、焼き肉パーティーなどが開催されているようだ。ちょうど木の枝が張りだしており、様子はうかがえないのだが、音（と匂《にお》い）だけはすごくよく届く。それで私は、「楽しそうだなあ」と耳をダンボにしながら、彼らの焼く肉の匂いをおかずにご飯を食べたりしてたのだが、昨夜はなにやら愁嘆場が繰り広げられていた。

部屋で騒ぐ仲間たちをよそに、一組の男女がアパートの外廊下に出て、深刻そうに話しこんでいるのだ。それに気づいた私は、ムシャムシャとご飯を咀嚼《そしやく》していた顎《あご》の動きを止め、ついでにパソコンから流れていた音楽も消した。耳はダンボどころか、千畳敷のタヌキの金×も顔負けなほど巨大化し、我が部屋からあふれそうな勢いだ。

「あたしー、なんかこのごろぉ、心が元気じゃないんですよぅ」

「うん」

「ぶっちゃけ、心のビョーキとかいろいろあったんですよー。だからー、なんかー」

「うん……」

うわあ、「ぶっちゃけ」って本気で言ってるひと、はじめて見た。いや、木が邪魔で見えないけど。それにしても、近所に丸聞こえかつ、部屋のなかには友だちもいる状況で、ずいぶん重い話題だ。女の子はお酒も入っているらしく、どんどんボルテージが上がっていく。

「だからなんかー、先輩だけが支えっていうかー」

「あー、駅まで送ってくよ、な？」

「やだ。聞いてくださいー」

おおお？　告白タイムだ！　私も息をのんだが、室内にいる彼らの友人たちも同様らしい。どんちゃん騒ぎはすっかり収まり、外廊下の二人に意識を集中させている気配が伝わってくる。女の子のほうは、そんなことはちっとも気にしていないようだが、男のほうは最初から腰が引け気味で、なんとかこの話題を切りあげて解放されたい、と思ってるのがありありとわかる。声と雰囲気だけでも、雄弁に心理が伝わるときってあるんだなあ。

伝わってないのは、女の子だけだ。そりゃ、あんた。酔っぱらったうえにビミョーに重い話題から告白したんじゃ、なかなか相手に受け止めてもらえないと思うよ……。相手の男がよっぽどその子のことを好きなら別だが、どうもそういうわけではないようだし、どうしてそんな無謀な戦術と戦略で告白という一大勝負に打って出たのか、いまいち理解に苦しむ。

しかし一番苦しい立場に追いこまれたのは、告白されている男であろう。女の子のほうは、すでに感情が高ぶりきって涙声だ。男はそれをなんとかなだめようとして、「あー、落ち着いて。ね？　とにかく今日は帰りなよ」と必死だ。

彼は非常に根気強く、十五分ぐらいは女の子の相手をしてから、やっとのことで「駅まで送る」とところに話を持っていった。優しいなあ、おい。私があんたに惚《ほ》れちまいそうだぜ（姿は見えないけど）。

全然気がない女の子（しかも、ちょっと思いつめちゃってる系）に、部屋のなかで焼き肉食ってる友だちがわんさかいる状況で泣きつかれる。それって、かなりつらい。二十歳そこそこの男子としては、本気で勘弁してほしいシチュエーションじゃあるまいか。私だったらどうするだろう、と考えてみる。

もしも私が世慣れた男だったら、もう面倒なので即効性のある手段に訴える。つまり、とりあえずそのへんの茂みでやっとく。後々もっと面倒なことになりそうだが、早いところ当面の問題を解決して部屋に戻らないと、肉がなくなっちまうからな。

そこまで考えて、「いや、無理」と思い直す。想像のなかですら、私は「世慣れた男」にはなれそうもない。やっぱり、女の子の支離滅裂な告白に耳を傾けつづけるしかないのか。私は彼ほど気が長くないので、絶対に途中でブチ切れてしまいそうだ。

実は二人のやりとりを盗み聞きしているあいだ、頭のなかでずっと流れている曲があった。沢田研二《さわだけんじ》の『カサブランカ・ダンディ』だ。そう、「ききわけのない女の頬を／ひとつふたつはりたおして」っていう、あれだ。

ぶっちゃうのか！　はりたおしちゃうのか、自分！

常にガンジーに敬意を表し、非戦非暴力の誓いを立てているというのに（？）、ここでこの曲が脳内ＢＧＭになるってどういうことなんだ、と自身に対しての懐疑が芽生える。

私、女に生まれて本当によかった、とこういうときにつくづく思う。男に生まれて、女の頬を一つ二つはりたおさずに生をまっとうできる自信がない。そんな短気かつ寛容さに欠ける性格を見越して、神は私を女にしたのであろうよ。

たぶん女は、「女になる」コツさえつかめば、あとは「女でいる」ことは比較的簡単なのだ。しかし男は、「男になる」必要はなく、ただひたすら「男でいる」ことを求められる。男女ではくぐり抜ける関門の場所がちがうので、両性はいつまでも嚙《か》みあわない部分で葛藤《かっとう》する羽目になるのだ。男たるもの、女の嘆き節に気長に耳を傾けるべし。男たるもの、女の頬を一つ二つはりたおすなどということは絶対につつしむべし。うーん、なかなか大変だ。ボギー、あんたの時代はよかったよ。

愁嘆場を繰り広げた男女が駅のほうへ去ったらしく、学生たちが室内で「おいおいおい～」とどよめく声が聞こえてきた。私も「ふー」と一息つきつつ、『カサブランカ・ダンディ』が脳内BGMに採用された理由を追究してみた。

原因はけっこう単純で、いま私のなかでのはやりが「俺についてこい」タイプの男だからだ。私の男性の（性格的）好みは、「尻《しり》に敷かれたい」タイプと「俺についてこい」タイプとのあいだで周期的に揺れ動く。実際にはおつきあいしている男性がいないのに、好みのタイプだけがくるくると変遷《へんせん》することに、いったいなんの意味があるのか。一人で脳内恋愛疲れ。あほみたいだ。

で、現実では「俺についてこい」タイプなんて本当に願い下げなんだが、なぜか定期的に、「そういうひとも、たまには楽でいいかも」と思うわけだ。「たまには」もなにも、実際には（以下略）。

しかし人間、楽をしちゃいけない。三つ指ついて「おかえりなさい」と言い、「風呂《ふろ》が熱い！」って怒られたら井戸から水を汲《く》んできて、「飯がからい！」って卓袱台《ちゃぶだい》をひっくり返されたら「ごめんなさい、すぐ作り直しますから」って謝る。そんなのは実は、すごーく簡単だ。「人間として、という大前提のもとに、この個人的な二者間のつながりにおいて、俺（私）はどう男（女）であるべきか」などということを考えつつ生活していくのに比べれば、ずっとわかりやすい要求だからだ。ま、頬を一つ二つはりたおされたら、非暴力的手段で反撃するがな。「○○は女の足の指をしゃぶりながらじゃないと寝つけない変態です」って、コンビニから延々と旦那《だんな》の勤める会社にＦＡＸ攻撃するがな。いえ待って、私。それも充分暴力的手段ですよ。

とにかく、楽をしちゃいけないなと思って、脳内で「俺についてこい」タイプの男にはりたおされ、「ああっ」ってなった時点で、「そろそろこのタイプはもういいか」

と考えを改めるわけである。それで次は、「尻に敷かれたい」タイプと（脳内で）一緒に暮らしはじめて、イライライライラする。「ねえ、宅配ピザを頼もうと思うんだけど、生地は厚いのと薄いのとどっちがいいと思う」と聞かれ、

「どちらかというと薄いほう」

「そっか。でも俺、いますごく腹減ってるんだよね。厚いほうも捨てがたいな」

「じゃあそっちにすれば」

「うーん、でもな……」

と、すごく忙しいときにかたわらでウロウロされて、

「あんたの頭をつぶして薄い生地のピザにしてやるぞこのやろ！」

って怒りが爆発する。それで次は「俺についてこい」タイプの男と（以下略）。

いいから窓を閉めて、仕事に集中しろ。

焼き肉の匂いとともに、そんなことを考えた夜だった。

※「カサブランカ・ダンディ」作詞：阿久悠《あくゆう》

月日は百代の過客にして、しかももとの水にあらず

この一週間、仕事をしては飲み、飲んでは腹を下し、を繰り返していた。内臓がめっきり弱くなったものよのう。それにこのごろ、飲むたんびになんだかさびしい気持ちになっちゃうの。年なのかのう。

そのとき一緒に飲んでた、数少ない男友だちに、

「三浦はもっと小技をきかせるべきだ」

と説教される。最近、いいかげん女度を上げろと指南されることが多い。年なのかのう（それは関係ない）。

「えーと、小技というと具体的にどういう……」

「たとえばなあ、飲んで終電を逃したとする。で、男がタクシーを拾ってくれようとしたら、『あ、いいですよ。うち、遠いからすごくかかっちゃうし』と言うんだ」

「たしかに、うちは都心からかなり遠いから、『あ、いいッスよ。漫画喫茶に行きま

すから』って言うことは多々あるよ」

「そうじゃないんだよ！　その局面で『漫画喫茶』などという単語を発してどうするんだよ！　おまえの話す日本語、たまにホントに俺には理解不能だ。いいか、タクシーを遠慮したら、男はたぶん、『それぐらい払うよ。どれぐらいかかる？』って聞いてくるだろ。そうしたら、『一千万円』って答えるんだ」

「はあ？」

「一瞬、二人のあいだに沈黙が落ちる。そこですかさず、『帰りたくないなー』って小声でかわいくささやけばいい。バッチリだ。男なんざ、これでイチコロだ」

「……やけに具体的だね。それ、あんたの体験談でしょ」

「……うむ」

「ばっかじゃないの！　なんでそんな見え透いた手にイチコロにされてんのよ」

「いやあ、見え透いてるなあと思っても、嬉《うれ》しくてイチコロになるもんなんだよ。そこで『ばっかじゃないの』とか言っちゃうから、おまえはダメなんだよ！」

「いやあ、それはねえ、女の子のキャラクターによると思うよ。賭《か》けてもいいが、たとえ私が『帰りたくないな』って言っても、『あ、そう。じゃあそのへんのドブ板の上ででも寝てれば』で終わりだ。ちっとも小技じゃない。大技だよ。参考になりゃしない」

「演技するの！　頑張ってかわいさを演じるの！　素に戻っちゃいけないの！　おまえは昔っから、妙なところで理詰めだからモテないの！　そんなこんなでもう三十なのにどうすんの！」

　そんな、畳みかけるように言わなくても……。

「あなただって未《いま》だに、『白いワンピースと麦わら帽子が似合う清楚《せいそ》な女の子紹介して』とか夢見がちなこと言ってくるくせにー！」

「夢見たっていいじゃないかー！」

　焼酎《しょうちゅう》をがんがん飲みながら逆切れ合戦。不毛すぎる。

「さあタクシーを拾ってみせてよ。乗って帰るから」

「タクシーもなにも、ここから歩いて二分の距離に住んでるだろ！」

「それもそうだ。地元飲みって楽でいいよね」

「このメンツで飲むむなしさを、自分のなかでうまく処理できればな」

　へげげー、となりながらお開きにする。

　やっぱりさびしいよこの生活！

　芋くさい自分の寝息で、四時間後に目が覚める。あー、腹具合が悪い。しかしその日は友人Mちゃんと、若人たちが飛んだり跳ねたり走ったりする祭典を見物しにいく約束をしていた。ちなみにMちゃんは、「ガンダムを知らない子どもたち」世代の女の子だ。ガンダムを見たことがない、と言われたときには、「これがニュータイプというものか……！」と深く衝撃を受けたものである。

へげげー、となりながら待ち合わせ場所に向かうべく電車に乗ったのだが、どうにも差し込みがひどくて途中下車する。ご不浄はどこですか！

なんとか危機を回避し、Mちゃんに電話する。

「ごめん、時間に遅れる」

「はーい、かまいませんよー。でもどうしたんですか。大丈夫？」

「うん、平気。トイレに寄るために電車を降りちゃったの」

「あー、また昨夜やらかしたんですねー」

どっちが年上なんだかわからないな、これじゃ。不甲斐《ふがい》ない大人ですまない。

無事にMちゃんとめぐりあい、曇天の下、躍動する若人たちを眺める。割り箸《ばし》でポテトチップスをつまみながら、

「あー、あの子はいいですね。見どころあります」

「あっちの子は、鳴り物入りでこの業界に迎え入れられたわりには、いまいちだな。

やっぱりプレッシャーが大きすぎたのかな」

などと、「どこのスカウトマンですか私たちは」という勢いで品評しあう。念のため申すと、私たちが見物していたのは、「アイドル大運動会」といった類《たぐい》のものではない。真面目《まじめ》なスポーツの大会である。

「あの男の子の足首、確実に私よりも細いよ」

「みんな本当に肉付きが薄くて、いやになっちゃいますすねえ」

パリパリポリポリ。真剣に競技に打ちこむ若人たちをしりめに、ポテトチップスを口に運ぶ手が止まらない。話題も縦横無尽に飛びまくる。

「昨日、友だちの結婚式の二次会に行ったんですよ」とMちゃんは言った。「その店の店員さんがすっごくかわいくて、男性陣が色めき立っちゃって。『きみ、かわいいね。いくつ？』と、即座にナンパモードに入ったんです。そうしたら、十七歳だって言うんですよ！　平成元年生まれだって！」

「平成生まれ！　平成生まれが、もうアルバイトできる年齢にまで成長してるんだ！」

「そうなんですよ。衝撃でしょ？　衝撃すぎて、みんなシオシオとしなびてました。平成生まれをナンパしようなんて、おこがましいことしてすいません、って感じになってました」

それで私は、思い出したことがあった。

「そういえばこのあいだ、電車に乗ってたらね。男子高校生の一団がいたのよ。もちろん私は、いつものように会話に耳をそばだてた。彼らは、食べ物の好みかなにかの話をしていて、そのうちの一人がみんなから、『だからおまえは昭和っぽいって言われんだよ！』ってからかわれてたの。『じじむさい』というようなニュアンスなんだろうな、ということはわかったんだけど、『昭和っぽい』という言いまわしを聞いたのははじめてで、変なの〜、と印象に残ったんだよね。でもいま、わかったよ！　あの子たちはちょうど、平成生まれと昭和生まれが混じってる年代だったんだ！」

「昭和っぽい。それも衝撃の言葉ですよ。彼らにとっては、昭和四年生まれも昭和五十六年生まれも同じなんでしょうね……」

「私たちはさあ、大正生まれの老人たちを見ても、『大正っぽいんだよ！』ってからかったりしないじゃない。『昭和っぽいんだよ！』という責め言葉（？）から、年号の端境期に生まれたひとだけが持つ、不思議な感覚があるんだな、ということがうかがえるね」

「昭和っぽい。破壊力ありますねえ。昭和っぽい、か……」

パリ……ポ、リ……。たそがれる。
所詮《しょせん》は「昭和っぽい」でひとくくりにされてしまうお年（頃）なのだ。かわいげ？
小技？　演技？　そんなものはいまさら無用！　ていうか、もう無理！

唄《うた》ってよイカリちゃん、ダメ人間のテーマを！

　どんどん追いこまれている。小気味いいぐらい追いこまれている。毎晩毎晩、小さな羽虫を百匹ぐらい殺しながらパソコンに向かってるのに、ちっとも原稿が進まない。落とす。このままではマジで落ちてしまう。

　私はあせった。しかしあせってもあせっても我が歩み速くならざりけりドッと地に伏すって感じだ。どーすればいーんだよー。部屋で一人雄叫《おたけ》びをあげていたら、友人あんちゃんから電話が入った。

「もしもし？　いま近くまで来たんで、遊びに寄らせてもらおっかなあと思って電話したんですけど、どんな感じですか？」

「ごめん……いまはダメだわ……。あそびたいよぅ。えぐっ、えぐっ」

「な、なんか電話が遠いんだけど！　大丈夫ですか？　もしもーし！」

「助けてあんちゃーん！」

「はい。私にできることがあったら言ってください！」

「うん、じゃあ言うけど、念力で出版社を爆破してほしい。くれぐれも、人的被害が出ないように気をつけてくれたまえよ」

「えっ……。わかりました。どこの出版社ですか？」

「○○社と●●社と××社」

「三社もあるんですか！　それはちょっと大変。全世界に散らばるおともだちの力を借りなきゃ」

「うむ。地球のみんな！　おらに元気をわけてくれ！　って感じで頼む。まちがって元気玉を私にぶつけちゃいやだよ？　確実に出版社へ向けて頼むよ？」

「ラジャ！　むーん……（念力を集めてるらしい）。ハアハア、これは厳しい戦いになりそうです。サイキックフォースが激しくぶつかりあう帝都大戦といった様相ですよ！」

　だんだんわけがわからなくなってくる。

「きみに無理を強いているのを、心苦しく思う。まあ、爆破まで行かなくてもいいよ。ポルターガイストが起こって、編集部が大パニック。みんな片づけにおおわらわで、締め切りどころじゃない！　ぐらいでもいい」

「じゃ、『小粋《こいき》な悪魔が大暴れ』って方向で頑張ってみます。って、こんな話をしてるあいだに、書いたほうがいいんじゃ……」

「えぐっ、えぐっ」

「あわわわ。元気玉をふくらませておきますから、涙を拭《ふ》いて。終わったら、またいろんなビデオを見ましょうね。あと私、いま社交ダンスを習ってるんですよ」

「社交ダンス！」

「ええ。今度、練習ぶりを見にきてください」

「やだ、見るだけなんて耐えられない。私も踊る！　あんちゃんと一緒に愛のステージに立つ！」

「はいはい。じゃあまずは、しっかりお仕事してくださいね。しをんはやればできる子ですよ……！」

「やればできる子、やればできる子（自分に暗示をかけている）」

あんちゃんのあたたかい励ましを胸に、再びパソコンに向かった。しかし問題があった。私は「やろうとしない子」なのである。やろうとしない子には、自分が本当に「やればできる子」なのかどうかをたしかめる機会が、当然ながら永遠に訪れない。

何日かはパソコンの前でウンウンうなっていたのだが、「やろうとしない子」の本

領を発揮して、

「もういい！　本屋に行く！」

と作業途中にして職場放棄。電車に乗って、隣町へ向かうことにした。

電車に乗ったとたん、乗客のだれかが怒っている声が聞こえる。なんだなんだ？　とあたりを見まわすと、小学校低学年の女の子が、ヒステリックにキャンキャン怒鳴っているのだ。女の子（仮にイカリちゃんとしよう）は、七人掛けの座席の端っこに座っており、その隣では、同級生らしき男の子が小さくなっている。

しかしイカリちゃんは、隣の男の子に怒っているのではなかった。通路を挟んだ向かいの七人掛けの、イカリちゃんからは対角線上に位置する端っこに、もう一組の男女（と言っても、やはり同級生らしき小学校低学年児童）がいた。イカリちゃんは、もう一組の男女のうちの女の子のほうに向けて、説教しているらしかった。

どうしてきみたち、もっと接近して座らないんだ？　座席は空いてるじゃないか。

それはともかく、イカリちゃんの怒りの内容が、くっだらないことなのだ。

「どうしてあんたはそうなのよ！　下駄箱《げたばこ》ではちゃんと順番を守りましょうって、先生とだって約束したじゃない！　なのにあんたはいつもいつも、ひとを突き飛ばして靴を履いてさ。そういうことしちゃダメなんだよ？　なんで約束を守れないの！　そんなことしてたら、ダメな人間になっちゃうんだよ！　どうするの？」

いや、どうするの、って……。説教されている女の子も、同伴者である男子二名も、イカリちゃんのあまりの怒りぶりに圧倒されて、なにも口を挟めずにいる。やっと女の子が、

「いつも突き飛ばしたりなんかしないよ、たまにだよ」

と反論しても、

「いつもだよ！」

とイカリちゃんに一蹴《いっしゅう》されて終わる。そこからまたイカリちゃんは、

「寄り道してるのだって知ってるよ！　どうしてあんたは、いけないと言われたことをするの。ダメ人間！」

などと、エンドレスでまくしたてはじめた。

すごいな、イカリちゃん……。そんなどうでもいいことで、よくそこまで怒りを炸《さく》裂《れつ》させられる。ひとのことなんか放っておけよ、と思うが、まあ小学生にとっては、下駄箱の順番とか寄り道とかは、決してくだらなくない重大な案件なのかもしれない。

私がなによりすごいと思ったのは、「イカリちゃんのお母さんが、きっとこんなふうな論理（？）とヒステリーで、いつもイカリちゃんのことを怒ってるんだろうな」

というのが、恐いぐらい透けて見えることに対してである。

そして、「全国のお父さんの大半はきっと、怒れる妻の隣で、面倒事はごめんだとばかりに黙ってるだけなんだろうな」ということも、居合わせた男子二人の態度から透けて見える。

小学生の態度に家庭の縮図が表れているとは、おそろしい。妻も子どもも黙ってるだけの置物みたいな旦那《だんな》も、私はいらないよ。「家族」というものへの夢や希望が、またひとつ打ち砕かれた感がある。

イカリちゃんはきっと、真面目《まじめ》な子なのだろう。私は真面目さを愛するし、自分も真面目でありたいと思っている（職場放棄して漫画を買いにいってるわけだが）。しかし、イカリちゃんの真面目ぶりは、私が目指したいそれとは、趣《おもむき》がちがう気がする。

イカリちゃんの真面目さは、真面目を信奉しすぎるあまりエキセントリックだ。

つまり、どうしてイカリちゃんは、先生の（あるいは母親の）言うことを、そんなに素直に、愚直なまでに信じて守り抜こうとするのか、という問題だ。ちょっとのルール違反、ちょっとの寄り道を、「まあそんなときもあるよね」と考える余裕がなぜないのか。

キーワードはやはり、「ダメ人間」にあると思われる。彼女は、「ダメ人間」を極端に恐れている。それをちらつかされてなにかを禁止されると、恐怖のあまり思考停止状態に陥って、もうなんの疑問も抱けないように教育（もっとはっきり言うと洗脳）されているのだ。まだ生まれてから七、八年しか経《た》っていないというのに、おそるべき効果だ。ひとが一番最初に被《こうむ》る可能性の高い暴力は、もしかしたら家庭や学校における「硬直した教育」なのかもしれない。

私はいっそのこと、イカリちゃんを誘拐したかった。プンプン怒ってて、顔もあんまりかわいくなかったが、誘拐したいと思うほど見ていて切ない感じの子だったのだ。

イカリちゃんはこのままでは、きっと遠からずいろんなものに押しつぶされてしまう。その崩壊の芽に、イカリちゃんの親はまずまちがいなく気づいていない。娘が自分そっくりのヒステリーで友だちを怒鳴りつけていることなどなんにも知らず、今日もきっと、「どうしてお母さんの言うことを聞けないの。ダメ人間になっちゃうよ！」とイカリちゃんをしかるのだろう。この子の親よりは、僭越《せんえつ》ながら私のほうがイカリちゃんに楽しい人生を約束してあげられる、と思った。

もちろん私は、イカリちゃんを誘拐することなく電車を降りた。漫画を買って、家に帰って読んだ。自業自得《じごうじとく》ながら仕事はピンチなままだ。パソコンに向かっていると、イカリちゃんの「ダメ人間！」というキャンキャンした声がよみがえる。

そういうものなんだよ、イカリちゃん、と心のなかで呼びかけてみる。そしてイカリちゃんの幸せを、心の底から願う。

迷い猫の論理

先日、大きな荷物を抱え、土地鑑のない場所でタクシーに乗った。

最初から、なんかイヤな感じだなとは思ったのだ。運転手さんがものすごく無愛想で、道行く車にクラクションを鳴らしまくったり悪態をつきまくったりしたからだ。でもまあ、これがこのひとの流儀なんだろうと思って、放っておいた。

目的地に着き、運転手さんは「八百四十円」と言った。

あきらかに高い。馬鹿《ばか》にしてんのかこの野郎、まだ初乗り分ぐらいしか走ってないだろ。メーターはどこだ、と思ったのだが、助手席の陰に隠れちゃっていて、咄嗟《とっさ》にはうまく見えない。メーターを確認しようと試みると同時に、私は「領収書ください」と言った。すると運転手さんは、「ぐぬおおおお！」と咆哮《ほうこう》した。

「もうメーター切っちゃったよお客さん！　手書きでいいなら出すけど……」

ふ・ざ・け・ん・な。

しかし時間に余裕がなかったし、もしかしたら初乗り分ぐらいしか走ってないと感じたのは私の勘違いかもしれないので、「じゃあもういいです」と引き下がった。

だが考えれば考えるほど、やはりあのタクシーはぼったくりだったのではないかと思えてならない。

ということを、このあいだ深夜に長距離でタクシーに乗ったときに、ジェントルマンな感じの運転手さんに話してみた。私が、「どうなんでしょうか、やはり私はだまされたんでしょうか」と問うよりもはやく、ジェントルマンな感じの運転手さん、略してジェントルさんは、

「なんてことだ！」

と、主人が先物取引に失敗して家が没落しそうだと知った執事のように、天を仰いで悲憤した。

「お客さん、それはエントツですよ」

「エントツ？」

「業界用語でね。つまりその運転手は、最初からメーターを作動させてなかったんですよ。くそう、いるんだなあ、そういうやつが」

ジェントルさんは、「もう客を乗せて運転してる場合じゃない。いますぐその悪徳

運転手を探してタコ殴りにしてやりたい」とばかりに、プンプン怒っている。タクシー運転手歴二十年というジェントルさんからすると、職業倫理の低い同業者は、とても腹立たしい存在なのだろう。

「そうだったのか。謎《なぞ》が解けましたよ」

と私は言った。「いくらなんでも『八百四十円―初乗り分』の差額ぽっきりじゃあ、不正なことをするのに割が合わないだろうと思ってて。でも八百四十円をまるまる自分のものにできるなら、まあ悪いことするひともいるかもしれませんね」

「ばれたらクビですよ。八百四十円でクビですよ。馬鹿なことをするやつだ！」

ジェントルさんはやっぱり怒っている。

「いえあの、私がボーッとしてたのもいけないんですし……」

「お客さん、一般論として、だますひととだまされるひとの、どっちが悪いと思います」

「そりゃ、だますひとのほうが悪いです」

「そうでしょ？　私もそう思いますよ！　なのに平然とだますやつがいるんだ世の中には」

な、なにか過去にあったのか、ジェントルさん……？　ジェントルさんは、

「今度そういうことがあったら、『きちんとした領収書も出せないって言うなら、金は払いません』と、きっぱり断りなさい。それでもう相手は、なにも食い下がれなくなりますよ。言っておやんなさい！」

とアドバイスしてくれた。

私はしかし、そのころには悪徳運転手への怒りも引いていた。逆に、「なんか、かわいそうなひとだったんだなあ」と哀れみの気持ちすら湧《わ》いてきていた。客をだまし、見知らぬ同業者からこれほどまでに蔑《さげす》まれたうえに、八百四十円を手に入れた彼。それはどう考えても、幸福な生きかたとは思えないからだ。

ぼったくられといて、綺麗事《きれいごと》？　そうかもしれない。だけど、ジェントルさんがものすごく悲憤してくれたおかげで、私はなんだか気がすんだというか、再び人間の善意を信じようと思えたというか（おおげさ？）、そんな晴れやかな気持ちになったのである。

ちなみにジェントルさんの奥さんは、ものすごい方向音痴だそうだ。なぜそんなことを知ったかというと、私が家の近所のこまごまとした道になってもまだ、「えー、ここどこだろ。見覚えはあるんですけどね」と、まともに道案内できなかったからだ。

「言いたかないけど、お客さん、方向音痴でしょう」

「はい」

「うちの奥さんもそうなんだよ！　助手席で地図を調べさせても、ちゃんとナビできたためしがないよ！」

「しかたないですよ。地図って、どっちを上にして見ればいいのか指示してくれないんだもん」

「……すみません、お客さんがなにを言いたいのかがよくわかりません。とにかく私、奥さんと車に乗るたびにイライライライラしてたんですけどね。このあいだ、『女性に方向音痴が多いのは、ＤＮＡレベルで決められたことだ。狩りをする必要がなかったから、方向感覚が発達しなかったんだ』という説を知ってね。それからはあきらめがついて、怒らなくなりました」

「そうだったのか」

「最近は女性の運転手も増えてるけど、彼女たちは苦労してるんじゃないかなあ。狩りをしたことないのに、いえ、私だってしたことないですけど、その説でいくと、方向感覚は大丈夫なのかなあと思いますね」

「まあ、女性でも方向感覚が発達したひともいるんじゃないですか。男性でも方向音痴のひとがいるかもしれないように」

「方向音痴だという男に、会ったことありますか？」

「ないですね。でもそれは、自分が方向音痴だということを隠している可能性があると思ってます」

「たしかに。しかし男で方向音痴なんて、そんなのはただのボケナスですよ！」

「ボケナスですか……」

「だって、狩りに出て獲物《えもの》を捕ったはいいが、家がどこかわかんなくなっちゃうんですよ。ボケナスでしょう、そんなの」

私はふと、「そうか！」と思うことがあった。

「ふらりと家を出たまま帰ってこない」というキャラクターは、小説でも漫画でも映画でも、断然男性に割りふられていることが多い。実社会でも、ふらふらした根無し草っぽいひとは、女性よりも男性のほうが多いようだ。どうしてなんだろうと、かねてから疑問だった。

しかしわかった。たぶん、「ふらりと家を出たまま帰ってこない」男性のうちの何割かは、実は隠れ方向音痴だったのだ！　ふらりと家を出たはいいが、帰り道がわからなくなり、しかし男性としての矜持《きょうじ》があるから通行人に道を聞くこともできず、どんどんどんどん知らない場所へ行ってしまって、ついには戻ってこられなくなっちゃったのだろう。猫みたいなもんだな。

「ぼくの家はどこでしょう」と聞く勇気（コミュニケーション能力）を、男性はもうちょっと発達させるべきであろう。私は、どっちを上にして地図を見たらいいのかを、ちゃんと勉強するようにする。そうしないと、どこかで迷子になってしまってる男を、探しにいってあげられないからな。

……あいかわらず、断絶は深い。

ききみみ頭巾《ずきん》

その日、私はファミレスで猛然と校正をしていた。ゲラとなって送られてきた自分の文章を、より完成度を上げるために手直しする作業である。

うなる赤ペン！　ほとばしる修正液！　これ今日中って絶対無理！　神よ救いたまえ！　あ、コーヒーおかわりください！　もう「完成度」がどうこうという問題じゃない。必死であった。

と、隣のテーブルに、スーツ姿の若い男性三人がやってきた。三人とも清潔感漂う、さわやかそうなおのこである。初対面で「なんか、あのひとやだー」と言われることは、まずまちがいなくないだろう、と思える人々だ。

彼らは席につき、メニューを広げてしばし注文を考えてから、ウェイトレスさんを呼んだ。三人のなかで、一番のリーダー格らしき男をA。その同僚らしき男をB。彼らの後輩らしき男をCとしよう。CはオレンジジュースをBはアイスコーヒーを頼み、Aの番になった。

「このオムライスのSって、どんぐらいの大きさ?」

と、Aはウェイトレスさんに聞いた。

「どのぐらい、と言いますと……」

「ふつうサイズのオムライスは、食べたことあるから。Sサイズは、ふつうのサイズの何分の一ぐらい?」

なんかこう、細かいことを聞くひとだなあ。ちょっとおもしろいなと思い、私は彼らに注目することにした。ウェイトレスさんはしばらく困惑してから、

「三分の二だと思います、たぶん」

と答えた。

「じゃ、それにする」

すぐに注文の品が運ばれてきた。Aは、Sサイズのオムライスを二十秒で食べた。誇張じゃなく、二十秒でたいらげたのだ。

「俺、ちょっと食うの速すぎ?」

とAは言った。

「速いな」

「速いっすね」

と、BとCは言った。

Aはフライドポテトを追加注文し、「おまえらも食えよ」と皿をテーブルの中央に置いてから、「さて」と姿勢を改めた。

「シュウカツしてるか、C？」

「最近はあんまりしてないっすね」

「お母さんはなんて言ってる」

「お母さんは、『しろ』と言うばかりですね」

話を盗み聞きするうちに、三人の関係がわかってきた。Cはまだ大学生で、就職活動中。AとBは、Cにとっては大学の先輩。AとBはいま同じ会社に勤めていて、見どころのある後輩のCとも一緒に働きたいと思った。そこでCは、AとBが勤める会社の就職試験を受け、どうやら内定が出ているらしい。

ところがCは、その会社に入るべきか否《いな》か、迷ってるようなのだ。AとBもそれを承知していて、そのうえで、「やっぱりぜひうちの会社に来てほしい」と説得態勢に入っている。

ファミレスで説得か……。せめて焼き肉ぐらいおごってやればいいのに、と私は気を揉《も》む。Cというのがまた、気だてがいいのはよくわかるが、いかにも押しに弱そうな、育ちのいいボンボンって感じだからだ。こいつは焼き肉でも食わせておけば、「いつも家族で行く焼き肉屋のほうがおいしいな。でも先輩たちがおごってくれた……」と一生恩義に思って、会社でどんな扱いをされてもバリバリ働いてくれそうな気がするぞ。

Aの巧みな話術によって、いったいなにがCのなかで障害となって、入社の決断を鈍らせているのかが徐々に明らかになっていく。

「俺は、先輩たちと働きたいですし、御社に入社したいと思ってるんですよ。でも……」

「ご家族が反対してるのか」

「はい……」

「なんでかな。Cのお母さんとお兄さんは、具体的にうちのどんなところに不安を感じていらっしゃるんだろう。うちがベンチャーで、人材派遣業だからか。そういう部分に、なにか偏見というか、考えがおありなのかな」

「そうですね。ベンチャーとか人材派遣とか、親や兄には理解できないみたいなんですよ。いまはよくても、五年後にはどうなってるかわからない。あせって会社を決めずに、もうちょっと就職活動をつづけてみろ、と」

「なるほど。ほかには、どんなことをおっしゃってるんだ。ぶっちゃけて言ってみろよ」

「ぶっちゃけて、ですか……。『社長の得体が知れない』」

　Cくん、それぶっちゃけすぎ！

「そうか、まあ……たしかに社長の経歴、謎《なぞ》だしな」

謎なのか！　どんな会社なんだホントに！

　隣の席でブーブーとコーヒーを噴いてる私をよそに、三人は真剣な表情だ（ちなみにBは、静かに聞き役に徹している）。Aの熱弁はつづく。

「でもなあ、C。お母さんやお兄さんの価値観を、いまさら変えることは難しいと思う。価値観ってのは、自分で体験しないかぎり、変わらないだろ？　つまり、いままでの価値観とはちがう価値観があるということに、自分で気づくきっかけがないと、変わることは無理なんだ」

　Aはおもむろに、握った拳《こぶし》をCに向かって突きだした。「俺の拳を、開いてみろ」

　Cは素直に、Aの拳に指をかけ、うんうんと開かせようと試みる。

「ダメっすね。力入ってて、固くて開かないっすよ」

「そうだろう？　じゃ、今度はおまえが拳を握ってみろ」

Cは固く拳を握って、Aに差しだす。Aは重々しく言った。

「開いたら百万円やる。……どうだ、こう言われたら、拳を開くだろ」

「開くっす、開くっす」

「これが、価値観が変わるということだ！　拳を開いたら百万もらえる、それは得だ、と気づいたから、価値観が変わるわけだ！」

わかんねー！　なんかよくわかんねー！　私はテーブルにつっぷして悶絶《もんぜつ》した。なんなの、そのたとえ。Aはなにかのセミナーにでも参加してるのか。AとBが勤める会社では、こういう社員教育をしてるのか。上司が折に触れ、「Aくん、今月の営業成績、あまりよくないね。そういうときこそ、『拳のたとえ』を思い出してごらん」とか言ってくるのか。

私は心のなかでCに、「行っとけよ、その会社」と語りかけた。だってすごく胡散《うさん》臭《くさ》くて、おもしろそうだもん。五年後にまだちゃんとあると保証されてる会社なんて、いまはほとんどないと思うし、それならいっそのこと、社長の経歴が謎で拳のたとえが横行してる会社で、熱い先輩たちと働いたほうが楽しいじゃないか。

それまで黙っていたBが、ため息をついた。

「C、おまえは本当に、いまどきめずらしいほど親思いなやつだな」

皮肉でもなんでもなく、本気で感嘆しているらしい。

「そんなことはないと思うっすけど。でもまあ、俺の幸せが親の幸せだと思うし、逆に、親の幸せは俺の幸せでもあると思うんす。だから、なんとか親に納得してもらってからじゃないと、俺、なかなか決断ってできなくて……」

「うん、うん、わかるよC」

「おまえは優しいやつだ」

手を握りあわんばかりになる三人。なんだこいつらー！

会社で働くのは、言うまでもなくCであって、Cの親兄弟じゃないのである。外野の言うことを、そんなに真剣に吟味してどうすんだ。聞くだけ聞いておいて、最後の決断は自分で下すしかないだろ。

わからん。Cがどこまで本気で入社したいと思ってるのかもわからんし、そんなCをなぜここまで勧誘するのかもわからん。もしや、AとBの真意は……。

私はさりげなく席を立ち、トイレの個室から、漫画愛好仲間にして担当編集者であるUさんに電話をかけた。

「Uさん！　いま、ものすごいひとたちが、ファミレスの隣のテーブルにいるんですよ！」

　私は顛末《てんまつ》を説明し、

「そろそろ、壺《つぼ》か掛け軸が鞄《かばん》から出てくる頃合いだと思いますね！」

　と結論づけた。Uさんは、

「ファミレスってのがまた、いかにも、『じゃ、ここに印鑑を押してみよっか』って感じのシチュエーションですねえ。本当に人材派遣会社なのかしら。……ところで三浦さん、今日中に、ってお願いしておいたゲラの戻しは、どうなったんですか」

「……あ」

「…………」

「…………」

　盗み聞き　してる場合じゃ　なかったね（一句）。

いろいろ滴《したた》る

友人ぜんちゃんは、大のスター・ウォーズファンである。

いま公開中の「エピソード3」は、女性のあいだでは、「オビ＝ワンとアナキンが……！」って文脈で語られているが（いや、そんな文脈で語ってるのは私のまわりだけかもしれないが）、ぜんちゃんは違う。なんかもっと、なんつうの。メカ。そう、無骨な感じでスター・ウォーズを愛してるのだ。ライトセーバーを振りかざして試写会に集う、スター・ウォーズ愛好家の男子たち。そういうノリのほうに近い。

しかしぜんちゃんも一応女の子だから、「夏の超大作映画をなんとなく見にきました」という風を装《よそお》って、彼氏と一緒に映画館に行ったらしい。そして、見ているあいだずっと、号泣していたらしい。

そんな「スター・ウォーズをなんとなく見にきた女の子」はいない！

明らかに作戦失敗である。

「だってさあ、もうダメだよ。いろんな思いが胸にあふれて、涙なくして見られないよ」

と、ぜんちゃんは言った。「私、本編がはじまってすぐ、画面に『ルーカスフィルム』って出た、その『L』の字でもう泣いたね」

まだタイトルも画面に現れてない。スター・ウォーズの「S」の字ですらない。いくらなんでも早すぎる。

上映が終わり、館内が明るくなると、ぜんちゃんの彼氏は言ったそうだ。

「あ、泣いてたんだ。あなた、ずーっと『シュゴーッ、シュゴーッ』って言ってるから、俺は隣にダース・ベイダーがいるのかと思った。この映画館は新しいドルビー・サラウンド方式を採用してるのかなとか、いろいろ考えた」

ナイスだ、ぜんちゃんの彼氏！

ぜんちゃんが熱くスター・ウォーズへの愛を語っているまえで、私は『メゾン・ド・ヒミコ』がいかに見どころ多き映画だったかを、熱く語った。ちなみにそのとき、ぜんちゃんと私は二人だけで会っていた。つまりお互いに、自分が興味のある話しかしていないわけだ。友情ってなんだろう。相手の話を聞け！

そんなある日、私は友人あんちゃんとカラオケに行った。カラオケに行くのなんて、たぶん十年ぶりぐらいだ。飲みのあとに、なにがどうなってカラオケに行ったのかすでに定かではないのだが、とにかく始発まで五時間ぐらい二人で歌いまくった。

私のお経ソング（どんな歌もお経みたいになってしまうという、恐怖の技）と、あんちゃんのアニソン声が狭い室内に響きわたる。あんちゃんは歌がうまく、ものすごい声量がある。マイクいらずの喉《のど》を嗄《か》らすこともなく、えんえんと榊原郁恵《さかきばらいくえ》や山口百恵《やまぐちももえ》やジュリーや八十年代ポップスを歌う。

私はひさしぶりにカラオケの本をパラパラ眺めたが、いまの歌は全然わからない。結局、二十年ぐらいまえの歌を歌うことになる。

「あ、これ知ってる？『蒼《あお》き流星レイズナー』！　私、一番ぐらいに好きなアニメだったの！　たしか打ち切りだったけど」

「作詞が秋元康《あきもとやすし》ですよ！」

「うーん、それは知らなかった。どれ、歌ってみよう」（主題歌をお経化して熱唱中の私）

「微妙に暗い内容ですね……。しかもサビが『走れメロスのように～』って、すごい歌詞なんですけど……」

「うむ。まず主人公からして暗かったと思うよ、このアニメ。私はオタクな行事に参加するとき（例・コ◯ケに行くときなど）、いつもレイズナーのこの歌が脳内を流れるんだ。『悲しい瞳《ひとみ》で　愛を責めないで／何も言わずに　行かせてほしい』ってね。すべてを振りきってオタク道に邁進《まいしん》するときの気持ちに、ピッタリなのさ」

どうなのそれ、という気配が、狭い室内に満ちる。

「じゃ、じゃあ私、次はキ◯キキッズを歌おうかな」

と、あんちゃんは言った。「すごいんですよ、キ◯キの歌詞！」

「拝聴しよう」

これがホントにすごかった。その機械に入っていたキ◯キの歌を、ほとんど全部あんちゃんは歌ってくれたのだが、どれもこれもかなりブッ飛んでいる。ちゃんと歌詞を認識してキ◯キの歌を聞いたのははじめてだったが、「なんの妄想大会なの、これ」とびっくりした。

「……絶妙な歌謡曲っぽさといい、乙女心を狙《ねら》い撃ちな胸キュンの切ない系の歌詞といい、キ◯キにはただごとならぬ隠微さがあるね」

「これが男二人のデュエットというのがまた、気が抜けないんですよ」

「たしかに。たとえば『きみ』と歌っていて、それはたぶん歌詞的には恋してる相手の女の子のことなんだろうが、しかしそのときに一瞬でもキ◯キの二人が視線を交わしたりしようものなら、途端にお互いへのラブソングに変じてしまう危険性がある」

「男性デュオの閉鎖性と緊張感を、よくわかった歌詞なんですよ。チャ○飛はその点、同じ男性デュオといえど、ちょっと不満です。さらに言うと、キ○キの二人のキャラクターが、ますます歌詞を深読みさせるんだと思いますね」

「こここ、この『愛のかたまり』って歌はなんなんだね！」

「あ、これは、作詞がツ○シで作曲が○一という、二人の（愛の？）結晶にして傑作です」

女の子視点で、ラブラブの二人を切々と歌いあげているのだが、たしかに傑作という言葉にふさわしい名曲。歌詞を全文掲載できないのが無念でならない。「Ｘｍａｓなんていらないくらい／日々が愛のかたまり」とか、「思い切り抱き寄せられると心／あなたでよかったと歌うの」とか。とにかくすべてのフレーズが名言ばかり。私はツ○シの、迫真の女の子ぶりに度肝を抜かれた。

「いったいツ○シって、なにものなの？　天才じゃなかろうか」

「もっとすごいのもありますよ。ツ○シのソロアルバムの曲なんですけどね」

あんちゃんはピコピコとリモコンを操作し、また歌いはじめた。

「なんじゃこりゃあ！　『溺愛《できあい》ロジック』ってタイトルもすごいが、『アタイ』と言ってるよ！（これは作詞作曲ともツ○シ）」

「ちょっとはすっぱな女の子の歌らしいんですが、『アタイ』って一人称は大胆にすぎますよね」

　あんちゃんと私は、ツ○シの歌詞を味わいながら、世阿弥《ぜあみ》の話をした。なぜ世阿弥なのか、あまり深くつっこまないでほしいが、乙女心を非常によく理解している繊細さや、自分とは異なる性になりきる感じとかが、世阿弥っぽいのである。

　それでわかったのだが、私はどうも、境界を行き来する感じのあるひとや表現物が好きらしい。ツ○シの渾身《こんしん》の作詞ぶりもそうだし、『メゾン・ド・ヒミコ』のオダ○ヨーもそうだ。性別だけではなく、あらゆる垣根を超えるというか無化するほどの、あやうさと揺らぎ。いろんな意味での異界を出現させるような色気。それこそが芸能、ひいてはあらゆる創作物の、輝きの根底にあるべきものなのではないかと、そう思った次第である。

　うーん、おそるべし、堂本《どうもと》ツ○シ。彼の才能に瞠目《どうもく》だ。今度あんちゃんが、キ○キのアルバムとPV集を持ってきてくれるそうだ。ちなみに、あんちゃんは自室でキ○キのCDやDVDを収納してある場所を、「禁忌棚」と呼んでいるらしい。禁忌棚が火宅に出張してくる日が楽しみだ。

※「愛のかたまり」作詞：堂本剛《つよし》（↑本文で伏せ字にした意味、なかったね……）

家族サービスのありかた

先日、本宅に電話した。ビデオを録画するために本宅へ行きたかったからだ。事前に「行くぞ」と予告しておかないと、「なんで急に来るんだ」とありありと書かれた迷惑顔で、家族に出迎えられる。それを避けるための布石である。

電話には父が出た。

「あ、お父さん？　私、日曜にそっちに行きたいんだけど、いいかな。ビデオを録《と》りたくてさ」

「日曜？　なに言ってんだ、しをん。我々は日曜には、神宮球場へ行くんだよ？」

「はあ⁉　『我々』って、あなたと私？」

「ほかにどんな『我々』がいる」

あんたこそなに言ってんだ。なんであんたが、私の日曜日の予定を勝手に決めてんだ。

「まさか阪神戦……」

「そうだ。今回は内野席を取ったんだぞ。ヤクルト側だがな」

「ちょっと待ってよ。私は日曜は、絶対に見たいテレビがあるんだよ。ビデオもセットして、なおかつ夜の七時にテレビのまえで正座しなきゃならないんだよ」

「七時？　無理だ。プレーボールは六時だから。そのころは神宮球場一塁側内野席だ」

「だからどうして、私まで野球観戦に行く必要があるのよ！　一人で行ってよ！」

「しをん。日曜はなんの日だ？　お父さんの誕生日だぞ！　ってわけで、家族は神宮球場に集結すること。以上」

家族分、チケット取ったんかい！　なんなの、家族サービスのつもりなの、それ。どうして「父親の考える家族サービス」って、いつも的を外してるの。

納得いかない、と思いながら、ビデオの録画予約をするために日曜の午後に本宅へ出向く。父はすでに、タイガースTシャツを着て準備万端だ。

「さあ行くか。いや、まだちょっと早いかな」

と、ウッキウキの父。母はもう諦《あきら》めたのか、カッパとか新聞紙とか煎餅《せんべい》とかを、黙々と袋に詰めている。

三人で家を出て、神宮球場へ向かう。

「弟がいないみたいなんだけど」

「あの子はなんか用があるらしくって、直接球場へ来るって」

と母。父の姿はすでにない。はやる気持ちを抑えきれなかったようで、いつのまにか一人でさっさと人混みにまぎれていってしまったのだ。この家族、統率が取れてない！　みんな自分の欲望で頭がいっぱい！

神宮球場は、風が通り、暮れてゆく空が見えて、とても気持ちがいい。ヤクルト側内野席に陣取った私は、早速ビールをがぶがぶ飲んだ。ヤクルト側なのに、ほとんどが阪神ファンだ。どこでも黄色と黒に染めてゆく、おそるべきトラキチども。

私のまえに座っていたおっちゃん（沖縄キャンプ仕様の阪神Tシャツ、しかも選手の直筆サイン入りを着用）が、選手の応援歌の歌詞が書かれた紙をくれた。阪神の選手には、応援団が作詞作曲したらしいテーマ音楽（?）が一人一人にあるのだ。おっちゃんは、選手が打席に立ったときに一緒に歌えるように、と気をまわして、いかにも門外漢らしき人々に、歌詞カードのコピーを配っているのであった。なにかもう、宗教に近いところまで高められた愛を見た。

おっちゃんの隣には、ゲイのカップルがいた。彼らは人目もはばからず、イチャイチャと写真を撮りあったり、なぜか関節技を決めあったりしている。野球はあんまり見ていない。

「お、お母さん、まえの席の二人って……」

「うん、絶対にそうよ。お母さんもう、どこ見ていいのかわからなくなってきた」

進む試合と、すぐまえの座席とのあいだで、視線をさまよわせる母。私は遅れてやってきた弟にも、

「ねえ、まえの二人を見て！」

と耳打ちする。弟は彼らをちらっと見たあと、

「……どうでもいいよ、イチャつくカップルなんて」

と言った。やっぱり！　勘違いじゃなく、だれがどう見てもこのひとたちはカップルなんだわ。

ゲイカップルのもう一方の隣には、一人で観戦に来ているおじさんが座っていたのだが、このおじさんが明らかにカツラ。神宮球場を吹き抜けるそよ風に、いまにも飛ばされそうな感じの明々白々としたカツラで、これまたすんごく気になる。おじさんは、自分の隣に座ったカップルにおびえていて、彼らがイチャイチャするたびに「ビクッ」となり、おそるおそる横をうかがう。しかしそんなおじさんも、持参した水筒

に入ったお茶を飲むとき、小指が立ってる！

なんなんだ、前列の客たち。それぞれキャラが濃すぎる。と思って隣を見たら、弁当を食べ終わった母が歯を磨いていた。

「なんでこんなとこで歯ぁ磨いてんの！」

「すぐに磨かないと、虫歯になっちゃうのよ」

「賭《か》けてもいいけど、この球場内でいま歯を磨いてるのはお母さんだけだよ！」

「ふふふ、貴重でしょ」

混沌《こんとん》とした様相を呈する一塁側内野席。それとはべつに、なかなかいい試合がつづく。両軍のピッチャーが力投しあい、気を抜けぬ緊迫感のある展開だ。阪神・金本選手の放った打球がスタンドに吸いこまれ、「ホームラン！」とだれもが思ったのに判定はファウルで、一時騒然となる場面もあった。ベンチから飛びだして抗議する岡田監督。大ブーイングの阪神ファン。お茶をこくりと飲み干して行く末を見守るカツラのおじさん。そのあいだもイチャつくゲイカップル。

私はBL好きを公言しているので、たまに「ゲイが好きなんですか？」と聞かれるのだが、質問の意図がよくわからない。ゲイであることが、そのひとを好きか嫌いかの基準になるわけがないのである。私がこの世で無条件に嫌いなのは、「人前でイチ

ヤつくカップル」だ！　ゲイだろうとヘテロだろうと、臆面《おくめん》もなく人目のあるところでイチャつく感覚を憎む！（やっかみ）

「おまえら、いいかげんにしとけよゴルァ！　ついでに主審！　どこに目ぇつけとんじゃボケェ！」

ブーイングの嵐《あらし》にまぎれて、私は主にまえの席のカップルに抗議しておいた。

七回の阪神の攻撃前には、恒例の風船飛ばしがある。いっせいに解き放たれ夜空を舞う、色とりどりの無数のロケット風船。弟はその光景をパチリと携帯電話のカメラで収めている。

「あらあら～？　いったいだれに写メールするの？」

「だれにもしねえよ、うるせえな。ただ撮っただけだよ」

「ぐひひ。あ、おにいさーん、ビール一杯！」

「おまえもう一リットル以上飲んでるぞ！」

「水ですよ、こんなもの」

「それ以上プヨプヨになるつもりなのか、このブタは！　おまえ、体脂肪いくつだった」

本宅には最近、体脂肪も計れる体重計が導入されたのである。

「…………」

「どうした、早く答えろ」

「〇〇パーセント」

「やばいぞ、それ。いまマジでびびった。打率で考えたら、その数字はけっこう好成績だぞ」

うるせえやい。あ、試合が終わった。阪神が勝ち、父は六甲おろしとは思えない音程で六甲おろしを熱唱している。母は疲れたのか、熱狂のただなかでコクコクと居眠りしている。

父が満足そうだったので、まあよかった。親孝行するというのは、いろいろ疲れるものである。

時の流れに身を任せすぎ

郊外の街の駅ビルに行き、ガラス張りのコジャレたエレベーターに乗った。

いつも思うのだが、どうしてエレベーターをガラス張りにする必要があるのか？　景色を見られるように？　怖いだけじゃないか！　外部から見通しが利《き》くというのは、防犯上はいいのかもしれないが、高所恐怖症のものにとって、ガラス張りのエレベーターはまさに、「死刑台のエレベーター」だ。

それでいつものように、ガラスの壁から外を眺めるということなど決してせず、「早く目的の階についてくれ」と念じながら、うつむきかげんに立っていた。すると途中階で、三人の子どもたちが乗ってきた。小学校低学年の女の子と、幼稚園生ぐらいの女の子と、まだ幼稚園にも行っていないような男の子だ。一番大きな女の子が、男の子をおんぶしている。親の姿はない。

めずらしいな、と思った。なにかと物騒だからか、昨今ではこのぐらいの年の子が、保護者なしにぶらついている姿をあまり見かけなくなった。

観察していると、子どもたちは楽しそうにしゃべりながら、手慣れた様子で行きたい階のボタンを押し、到着すると勢いよくエレベーターから駆けだしていった。女の子は、男の子をおんぶしたままだった。

昭和っぽい……！

『筑豊《ちくほう》のこどもたち』がダブって見えた。もちろん、エレベーターに乗ってきた三人は、小綺麗《こぎれい》な恰好《かっこう》をして、青ッパナを垂らしたことなどないような、「いまどきの子ども」だったのだが、日常を冒険する躍動感に満ちていた。自分よりちょっと小さな男の子（たぶん弟だろう）を守ってあげなきゃ、という気概も感じられたし。

生意気で自立心があって、いつも冒険を求めている。社会がどんなに変わっても、子どもはいつでも「子ども」という生き物なのであるなあ。うむうむ。

そんなこんなで所用をすませ、地元に帰って酒を飲む。隣のテーブルでは、「ゼミの先生（中年男性）と学生（女子二人）」らしきグループが、食事しながらいろいろ話していた。最初は、研究課題についてとか、やがて来る就職活動がいやだなあとか、そういう話だった。先生らしき男性は、「うんうん」と穏やかに、女子学生たちのおしゃべりを聞いていた。そこからどういう流れか、話題が「昭和天皇崩御のときの、自粛ムード」になった。

　女子学生、二人とも目が点。

「ジシュク？」

「ジシュクってなんですか？」

「いや、だからね。歌舞音曲の類《たぐい》を、自主的に慎もうっていう風潮になってね」

「カブオンギョク……？」

　もう、話がぜんっぜん通じないのだ。あまりの通じなさに、先生はビールのジョッキを置いて、姿勢を正した。

「えーと、つかぬことを聞くが、きみたちいくつだっけ？」

「二十一でーす」

「二十一……！」

　先生、天を仰ぐ。「じゃあ、昭和が終わったときのことなんか覚えてないよなあ。そうか、自粛も知らなくて当然だよなあ」

　先生と一緒になって、私も隣のテーブルで若さのまばゆさにのけぞったのであった。

　昭和が遠い……！

　先生、私なら自粛の話題だけじゃなく、グリコ森永事件についても語りあえますよ。

私の記憶ちがいじゃなければ、あの事件のまっただなかに、なぜか給食にショートケーキが出て（それまでケーキが出たことなど一度もなかった）、なぜかそのケーキにはイチゴのかわりに「森永パッ◯ンチョ」が一個載ってたんですよ！「ああ、売れ行きが悪くなっちゃったから給食に……」って、子どもたち内心で騒然としつつも、黙って食べましたよ。いまだったら一部の親が抗議しそうだな。昭和の香り漂うエピソードでした。

そういえば先日、ある寺を見物しにいったら境内に、「明治天皇植樹」「昭和天皇植樹」っていう木が、二本並んで植わっていた。寺のお坊さんが、それらの木について見物客に説明している。すると、近くにいたこれまた二十歳ぐらいの女子二人が、こんな会話を交わしていた。

「明治天皇……って、だれ？」

「さあ？　戦争したひと？　それは昭和天皇のほう？　わかんない」

……うん、どっちの時代にも戦争はあったから。

なんかもう、昭和とか明治とか関係なく、過去が全般的に遠い！

大変衝撃を受けたのだった。もうちょっと真面目《まじめ》に学校で歴史の授業を聞いても損はないんじゃないか？　思わずそんな説教じみた考えが脳裏に浮かび、「これが加齢というものか」と軽く落ちこむ。

でもまあ私も、「ビートルズ来日」や「三億円強奪事件」について、リアルタイムの思い出を語れと言われても、無理なわけだ。きっとこういうことって、これまでも延々と繰り返されてきたのだろう。「なにー、おぬし平治の乱を知らんのか！」とか、「かつてここに黒船が来たんじゃよ、本当に！」とか。そんな思い出話を聞いても、若者たちは「ほえー？」と鈍い反応しか返せず、じいちゃん歯嚙《はが》み、みたいな。

時間はどんどん流れていきます。

なんだかしんみりしちゃうのは、このごろとみに体の衰えを感じるからだ。電車のなかで女子高生が、

「沢尻《さわじり》エ○カってかわいいよね」

「うん、でも顔がむくみやすそう」

って言ってるのを聞き、

「あっ、あたしも同じ！　最近すごく顔がむくむの！」

と思った。思った直後に、「それ、全然エ○カちゃんと同じじゃない！」と自分にツッコミを入れる。私のは単に新陳代謝が悪くなってるだけで、むくんでもかわいい沢尻エ○カとは質がちがう（沢尻エ○カが本当にむくみやすいのかどうかは、知らな

い。発言者の女子高生だって知らないだろう)。

そろそろ本気で、スポーツクラブに入会するとか、山登りを趣味とするとか、健康のために体を動かすことを考えたほうがいいのではないか。このまま時の流れに身を任せるだけではまずいのではないか。

そう思うのだが、運動……運動か……。泳いだり走ったり岩をよじのぼったりせねばならないのか……。考えただけで気が遠くなる。「それまでほとんど運動とは無縁だったひと」が運動の喜びに目覚めた瞬間について、経験者の話を聞いてみたい。いったいどういう運動だったら、初心者でも苦もなくつづけられるのだろうか。麻雀《マージャン》やパチンコ?(指の運動)

逆に、もし私が運動大好き人間だったら、ものすごく健康に二百歳ぐらいまで生きられたのではあるまいか、とも思う。ろくな運動もせず、体に悪いことが大好きなのに、ここまで大過なく生きてこられただけの頑健な体を持っているわけだから(その貯金も、そろそろ尽きようとしているが)。

運動が大好きな自分か。楽しかっただろうなあ、そんなふうに生まれたら。もしかすると砲丸投げでオリンピックに出られたかもしれない。

このあいだ近所のバーで飲んでいて、隣の席に座っていた男性が、

「砲丸投げの女子選手って、どういうきっかけで競技をはじめるのかなあ」

と、しみじみ不思議そうに言った。ちょうど店のテレビで、世界陸上をやっていたのである。

「彼氏がやってた、とかなのかな。だってフツー、砲丸を投げたくないだろ。男だってちょっといやだよ」

ぶふっ、と笑ってしまった。「男がやってることに影響されてはじめた」というきっかけしか思いつかないというのは、厳密に言えばフェミ的にアウトなのかもしれないが、彼の抱いた疑問というのもなんとなくわかる。たしかに砲丸投げは、華やかな競技とはあまり言えないほうだろうし、投げるときに「ヴオッ」などと雄叫《おたけ》びを上げることが多いし、まず「なんで砲丸を投げるのか」という点からして謎《なぞ》だ。球体は砲丸以外にもいろいろあるし、球技に取り組んだってよかったのだ。

なぜ砲丸投げなのか。それを選ぶに至った個々人のストーリーには、きっと興味深いものが多々あるはずだ。知りたいな、と思ったけれど、身近に砲丸投げをやっている（いた）ひとがいない。

やっぱりまずはスポーツクラブに入会し、運動を愛するひとたちと徐々に親交を深めていくしかないのか？　遠いな……。なにもかもが遠い。

なんでもベスト5

担当編集者Uさんから電話があった。

「いろんなものを、ベスト5までなんでもランキングしてみるってのはどうでしょう」

「えっ？　なんでランキングするんですか？」

「なんとなく」

「なんとなく、って……。いったいなにをランキングすればいいのか、わかりませんよ」

「じゃあ、お題は私が考えますねっ」

「いや、そういうことじゃなくてですね。私はランキングっていう行為自体が苦手なんですよ。順位付けには意味がないじゃないですか。そりゃ、『だれの体重が一番重いか』とか、『運動会のかけっこで一等はだれだったか』とかは、明確にわかりますよ？　でもさ、『CDの売り上げランキング』とか『映画の観客動員数』とか、そんなもんを知ったところで、どうなります。順位には表れないけど、ひそかにだれかの胸を打ってるかもしれないわけじゃないですか。かけっこだってそうだ。ビリだった子が、もしかしたらだれよりも全力で走っていたかもしれない！

ちなみに、あえて例に挙げませんでしたけど、私が一番苦手なのは、『本の売り上げランキング』です。そういうちっぽけ（？）なことじゃなく、計りきれない個々のディープインパクトを重視したいっていうのかな。ランキングからはこぼれてしまう部分こそが大切っていうか、……あれ？　もしもーし」

聞いちゃいない。

Uさんからは後日、「これをお題に、ランキングしてみてね」というメールが送られてきた。件名は「なんでもベスト5」だった。まんまや！

そんなこんなで、いろんなものを、ベスト5までなんでもランキングしてみることにする。

私のヰタ・セクスアリス漫画

【1位】『イブの息子たち』（青池保子《あおいけやすこ》・秋田書店）
大変個人的な事柄で恐縮だが、これを読んでる最中に、赤飯を炊《た》いてもらうような事態になった。なんてわかりやすいヰタ・セクスアリス！　興奮しちゃったのだね、小学生の自分……。

【2位】『日出処《ひいづるところ》の天子』（山岸涼子《やまぎしりようこ》・白泉社）
なになに、王子は夢殿に籠《こ》もって一人でなにをしてるわけ？　「清童ではなくなった」ってどういう意味!?
なんかよくわからんが、すべてがエッチだ！　と思った作品。あれ、『イブの息子たち』も『日出処の天子』も、男女の恋愛話とは言えないような……？
三つ子の魂百までも、である。

【3位】『アリオン』（安彦良和《やすひこよしかず》・中央公論新社）
これは最初、アニメを映画館で見た。ギリシャ神話にかぶれる。のち

に、友人ナッキーから漫画版を借り、なにがチビッコだった自分の心をあんなにとらえたのかを再確認した。
安彦良和の絵はエロくていい。むっちりした太ももの感じとかが。

【4位】『北斗の拳《けん》』（武論尊《ぶろんそん》／原哲夫《はらてつお》・集英社）
原哲夫が描く女性の曲線が、小学生の目にはたまらなくエロティックに映った。いま見ても十二分に優美だが、さすがに当時ほどの刺激は感じない。汚れちまったかなしみに、だ。
いまも昔も変わらずセクシーだと思うのが、レイとケンシロウ、シンとケンシロウ、トキとケンシロウの関係だ。た、たまらん！　どうしてケンシロウったら、男たちにモテモテなの⁉　あ、いけない。また悪い病気が。
ラオウとケンシロウの関係はどうなのかというと、なぜかそれほどでもない。むしろそこは、ユリアがラオウとケンシロウを等しく虐《しいた》げる（？）方向で！

【5位】『魔天道ソナタ』（天城小百合《あまぎさゆり》・秋田書店）
男も女もガチンコなのが、『北斗の拳』のエロティシズムの由縁だろう。

私はこれで、「もうこの道を行くしかないのだな」と悟りました。男女の恋愛より、男性同士の恋愛のほうが、読んでてなぜかトキメクよ……！

天使と悪魔はお互いの世界に足を踏み入れると消滅してしまい、あいだにある魔道界の魔道士だけが両方の世界を自由に行き来できる、という設定は、いま考えてもオリジナリティにあふれている気がする。

泣ける漫画

「泣ける」っていうお題はビミョーだ。私は「泣ける」作品なんて大嫌いだ！　と思うのに、なにを読んでもよく泣く。敗北感……。

簡単に泣いちゃう己れを憎む。でもやっぱり涙が出ちゃう。だって人間だもの（み○を？）。「泣ける」作品に対する、この複雑な心境、きっとおわかりいただけるだろう。

「泣けるからいい作品」とは言えないが、「いい作品かつ、読むとどうしても涙が出る」というものは、たしかにいっぱいある。

【1位】『中国の壺《つぼ》』（川原泉《かわはらいずみ》・白泉社）
川原泉の漫画は、どれも涙の噴出度が高い。なぜだ。とても楽しくて、淡々としたとぼけた雰囲気が魅力の作風なのに。「泣くような話ではないだろう！」と自分に言い聞かせても言い聞かせても、泣いてしまう作品が多い。特に『中国の壺』は、「今度こそ絶対に泣かないぞ」と決意するにもかかわらず、読み返すたびにダバーッと涙が流れる。
この作品で、「黄塵無窮《こうじんむきゅう》」という四字熟語があることを知り、のちに自分の小説に登場する古本屋の店名に使った。
【2位】『竜の眠る星』（清水玲子《しみずれいこ》・白泉社）
白泉社の少女漫画が多いな。多感なりしころに読んだからだろうか。
清水玲子の作品がまた、私の涙腺《るいせん》を大変刺激する。『竜の眠る星』は、少女漫画のSF黄金期の最後を飾る傑作なのではないかと思う（いや、「最後」ってのは、いまのところという意味だが。また少女漫画で、SFがいっぱい描かれる時代が来るといいな〜）。
親子関係にしろ恋愛関係にしろ、「よくぞこんなに切ない設定を考えついたな！」と瞠目《どうもく》の作品。美麗な絵と、登場人物（ロボット含む）の織りなす心理の綾《あや》に、ただただ涙だ。

【3位】『BANANA FISH』（吉田秋生・小学館）

吉田秋生の作品には、ほかにも涙を禁じ得ないものが多々あるが、『BANANA FISH』には特に、最終巻を授業中にまわし読みしていて、教室がすすり泣きに満ちた、という懐《なつ》かしい思い出がある。先生びっくり。番外編の『光の庭』が、またいいのだ。えぐえぐ。

構成が中だるみしている（げほげほ）という声もあるかもしれないが、やはりラストのカメラワークの冴《さ》えだけをもってしても、漫画史に残る作品だろう。いや、カメラワークって変だろ、映画じゃないんだから。という声もあるかもしれないが、あのコマ割りのすごさは、カメラワークと言いたくなるではないか！『あしたのジョー』のラストのコマ割りに匹敵するほど冴えてるぞ！あ、『あしたのジョー』も随所で泣けるよな。

【4位】『夕凪《ゆうなぎ》の街　桜の国』（こうの史代《ふみよ》・双葉社）

原爆をこういうアプローチで描いた漫画は、これまでなかったと思う。作者の誠実な姿勢と、漫画表現の深みと成熟度に、感動せずにはいられない傑作。
しかしこの作品はすでに、「泣ける」などといった形容を凌駕《りょうが》してる気がする。物理的に涙が出るか出ないかなんて、ちっぽけな問題である、ということがわかる。私は物理的にも、洪水ほどの涙が出てしまうが。

【5位】『自虐《じぎゃく》の詩《うた》』（業田良家《ごうだよしいえ》・竹書房）
「泣ける」って基準で選ぶと、有名な作品が並ぶものだなあ。「もっとマイナーかつ、『こう来たか！』と人々をうならせるようなものを……」などと考えてしまう、さもしい根性の自分がいる。
でもでも、やっぱり『自虐の詩』はいい！　奇跡のような高揚を見せる作品。この笑いと哀《かな》しみ、断片と連続の絶妙な塩梅《あんばい》は、漫画じゃないと表現できないものであろう。あ、映画化されるのか……。もちろん、映画では映画のよさがフル稼動《かどう》されることと思うが、『自虐の詩』のストーリーのみを追っていくと、すっごくベタな話になっちゃいそうな気がしない？（だれに聞いてるんだ。自分にだ）
同じことは、よしながふみの『フラワー・オブ・ライフ』（新書館）にも言えそうだ。最近読んだ漫画のなかで、ダントツに涙が迸《ほとばし》った作品なのだが、たとえばこの話を小説にするのは、ちょっと無理だなあと思った。漫画は漫画として確固たる表現と世界を築きあげているのだから、ほかの表現（映画とか小説とか）にそのまま置き換えてみようとすること自体がおかしいのだけれど。

ただ、「泣ける」という基準から出発して、ここに挙げた優れた漫画作品についてつらつら考えるうち、ふと思った。漫画の肝のひとつは、「余白」なんだな、と。小説にも映画にも、それぞれ余白はあるけれど、漫画の余白とは在りかたがちがう。それで、漫画ではベタと思わせずに表現できたことが、小説や映画ではベタになっちゃう（可能性が高い）んだろう。もちろん、逆もまたしかりだ。

表現形態によって、抑制を利《き》かせるべき箇所が異なってくるんだなと、当たり前の事実に改めて気づいたのであった。

二章　日常ニュートラル

頼むから手は洗ってください

出張（?）から夜行バスで東京へ帰った私は、新宿のホテルに寄った。そのあとひとに会う予定が入っていたので、ホテルのトイレを借りて洗顔と化粧をしようと思ったのだ。

早朝のホテルのトイレには、予想以上にひとがいた。チェックアウト間際《まぎわ》の、団体旅行のおばちゃん。出勤前にお化粧を最終確認していく会社員の女性。化粧台の隅につっぷして爆睡中の、大荷物のおばあさん。このひとはもしかして、ホテルのトイレに住んでいる……?

まあとにかく、いろんな年齢、職業らしき女性たちが、あわただしくトイレに出入りしていた。

私はじゃぶじゃぶと顔を洗い、化粧台のまえに陣取って、日焼け止めを塗ったりファンデーションをパフパフしたりした。するとそこへ、人品いやしからぬサラリーマン風のおじさんが、突如乱入してきたのである。トイレに居合わせた女性たちは、みんな驚いて一瞬動きを止めた。

「すすすみません、もうダメなんでトイレお借りします！」

おじさんは叫ぶように言って、空いていた個室に飛びこんだ。どうやら腹具合が悪いらしい。ザーザーと水を流す音が聞こえ、おじさんが個室内で悪戦苦闘している気配が伝わってくる。

その場の女性たちがみな、「あらら」という、同情のような笑いを嚙《か》み殺すような、なまぬるくあたたかい寛容の心を抱いたのがわかった。それまで眠っていたおばあさんも、騒ぎに気づいて身を起こし、

「まあ、大丈夫かしら。こういうのはお互いさまだからねえ」

と言った。私も、心のなかでおじさんにエールを送りながら、また鏡に向き直った。おじさんが入ってきたことにびっくりして、描いていた眉毛《まゆげ》が一部分だけ濃くなってしまったのを、必要以上に時間をかけて直していく。

そう、私は、用を足したおじさんが、どんな顔で個室から出てくるのか見たかったのである。

おじさんの戦闘は長引き、私は化粧するふりをつづけながら、辛抱強く待った。そ

うこうするうちに、女性用のトイレはどんどん混みはじめ、個室は全部ふさがってしまった。あまつさえ、順番待ちの列まででできている。

ああ、おじさん。この状況のなか、個室から出てこなきゃならないなんて……！

どうなることか、と推移を見守る。そうしたらおじさんは、最悪のタイミングで個室から出てきた。列の先頭に、白人女性が並んでいるときにドアを開けたのである。

「OH～！」

と、当然ながら超絶びっくりする白人女性。これはもう、「とっさのひとこと」もなにもあったもんじゃない。おじさんはしどろもどろの極致である。

「失礼しました、下痢で、下痢で……！」

と、顔も上げられない風情《ふぜい》でトイレ中の女性に向かって頭を下げまくり、おじさんは疾風のごとく走り出ていった。

お、おじさん、べつにかまわないから、どうか手を洗っていってー！

「と、いうようなことがあったのよ」

と私は、同じテーブルについた家族に言った。

ある夕方、家族で近所のレストランにご飯を食べにいったのである。「もうすぐ夏休みも終わりだから、一回ぐらい家族で食事にいきましょうよ」と、母から召集がかかったのだ。もういい年した大人ばかりのメンツなのに、夏休みもクソもないだろ、と父も弟も思っただろうが、母の言葉には逆らえない。

レストランへ行く道順の選択とか、どのメニューを選ぶかとかで、うちの家族はすぐ喧嘩《けんか》する。これではいけないと思い、食後のお茶をすすっているときに、私は「ちょっとおもしろかった話」として、ホテルのトイレで遭遇したおじさんの話題を提供したのであった。

「でも俺が見るところ、トイレで用を足したあとに手を洗っていく男って、二割弱だぞ」

と弟は言った。

「ええっ！」

私はたまげた。女子トイレでは、ほぼ十割の女性が手を洗う。

「だってそんな、汚いじゃない！　男のひとは小用のときに、あそこをつかむわけでしょ？　なのに手を洗わないの⁉」

「二割弱の男しか洗わない。俺は気になって、いつも観察してる」

「ってことは、あんたは洗うのね？」

「洗う」

よかった、私の弟はちゃんと手を洗うよい子だ。と安堵《あんど》したのもつかのま、それまで黙っていた父が弟に向かって、

「どえー！　おまえ、手なんか洗うのか！　お父さんいつも、トイレで手を洗ってく男を見て、ばっかじゃないのかと思ってたぞ」

と言った。

「どえー！」じゃない！　おまえの存在こそ、「どえー！」だ！

私は憤《いきどお》って、

「なんで手を洗わないのよ！　不潔！」

と父をなじった。父はぽかんとして、

「なんで不潔なんだ。お父さんのチン×は汚くなんかないぞ。ちゃんと風呂《ふろ》入ってるし」

と言う。

「風呂に入るとか入らないとか以前に、そんな部位を触った手を洗いもせず、握手したり吊革《つりかわ》につかまったりするのは、絶対によしてほしいわけよ！　だってそれってつまり、チン×で握手するようなもんだよ？　チン×で吊革をつかむようなものだよ？　おお、おぞましい！」

「おぞましいって、失礼だなあ、しをん。大丈夫だよ、お父さんのチン×は汚くないから」

ちっともなんにも全然大丈夫じゃない！　私が衝撃のあまり言葉を失っていると、母がのんびりと、

「そういえば」

と言った。「アメリカの男のひとって、小用を足すまえに手を洗うんですって。汚い手で自分のあそこに触るのはいやだから、って」

お母さん、それ、だれから聞いたの。なんでアメリカ人男性の小用事情を知ってんの。私がまたもや呆然《ぼうぜん》と口を開け閉めしていると、父が我が意を得たりとばかりにうなずいた。

「うん、お父さんも、小用のまえに手を洗うことはあるぞ。トイレのドアが汚かったりしたら、用を足すまえにまず手をきれいにするな」

「……それで、用を足したあとには手を洗わないのか」

と弟が言った。

「洗うわけないだろ。自分のチン×を触って、なぜ手を洗う必要がある」

「どうなのよ、このひと！」

私は弟に泣きついた。「自分のムスコばっかり大事にしちゃってさ！　周囲への思いやりや気づかいってもんがないよ！」

「大事にするほどのモノでもないくせにな」

と弟も納得がいかなそうである。父は私たちの非難をものともせず、

「さっ、行こっか」

と、さっさと席を立った。食事を終えたあとに、ゆっくり談笑する、などという気のきいたことができない人間なのである。

レストランから出ながら、私は母に言った。

「まったく油断がならないね。私は今後、男性の手をうかつに握ったりしないようにするよ」

「ふふ、そんな機会があるの？」

「……ないけど、心構えとしてだよ」

「お母さんはもう、いまさらお父さんのチン×なんてどうでもいいけどね」

ええ、ええ、そうでしょうとも。

しかしレストランで、チン×チン×って連発する家族って、非常によくないな。いくら衝撃の事実が発覚したからといって、周囲への気づかいを忘れちゃいけないな。

悪霊に取り憑《つ》かれる

ところで、『メゾン・ド・ヒミコ』はご覧になりました？

私はこの映画について、だれかと語りあいたくてたまらないのだが、ネタばれにならないようにしちゃいけないしと思って、グッと我慢している。古本屋でアルバイト仲間だったひとたちとの飲み会で、もしや見たひとがいるかもしれないと、『メゾン・ド・ヒミコ』の話題を振ってみたのだが、反応ははかばかしくなかった。

「……それは『めぞん一刻』と似たような感じの話？」

ちがあああう！　ん？　みんなで共同生活してて、モテモテの管理人さんがいるあたりは、似てるかもしれんが……。でもちがあああう！

女犯坊《にょはんぼう》（仮名）は、

「俺、このごろ映画を見てないんですよ。最後に映画館で見たのは、『オペレッタ狸《たぬき》御殿』ですから」

と言った。

「あらま、オダ○ョーが出てるじゃない」

「でも俺、ヒゲがあるオダ○ョーのほうがいいと思うんです。『狸御殿』ではツルリとしてて、不満でした」

「じゃあ、『SHINOBI』を見たら？　ヒゲがあったよ。私なんか、○○劇場（地元の映画館）へ公開日の初回に見にいっちゃったよ。満員だったら困ると思って、三十分前に窓口に駆けつけたら、客なんてだれもいやしなくて恥ずかしかったよ」

「俺、○○劇場にはしばらく行ってないですね。最後に行ったのは『血と骨』を見たときです」

「それもオダ○ョーが出てるじゃん！　なんなの女犯坊、もしかしてオダ○ョーファンなの⁉」

「ち、ちがいますよ！　俺はただ、たけしの濡《ぬ》れ場が見たくて……。でも、オダ○ョーとたけしの雨のなかの乱闘シーンはよかったです……」

ヒゲがいい発言にしろ、たけしの濡れ場が見たい発言にしろ、なんだかビミョーな男心を覗《のぞ》かせる女犯坊なのだった。

ちなみにあんちゃんは、『メゾン・ド・ヒミコ』を見たそうだ。

「オシャレなヤングがつめかけてましたよ」

と、あんちゃんは言った。

「オダ○ョーのフェロモンについてはどう思った？　尋常じゃなく滴《したた》っているように、私には見えたのだけれど」

「そうですね。オダ○ョーのアイドル映画かと思いました、むふふ。あと、彼の顔って角度によっては、松尾《まつお》スズキに極めて似てません？」

似てません。松尾スズキに似た男のアイドル映画って、そんなのおかしいだろ！

どこからつっこんでいいものやら、と、あんちゃんの感想は私を困惑させたのだった。

あんちゃんを除き、私の周囲で『メゾン・ド・ヒミコ』を見た女性たちが、共通して口にする言葉がある。それは、「シャツがイン！」である。もう、みんな総じて熱に浮かされたように、「シャツがイン！」「シャツがイン！」って言う。私ももちろん、「シャシャシャ……シャツが、イン！」と、ぶるぶる震えながら言わずにはいられなかった。ここに目を奪われるあまり、「いい映画でしたねえ。あ、シャツがインでした」「ホントに、素敵なシーンがいっぱいありました。シャツがインだったし」と、映画の本質的な部分に関する感想に、なかなか話が至らないぐらいだ。

つまり、オダ○ョー演じる春彦《はるひこ》という青年が、作中でほとんどずっと、シャツの裾《すそ》をズボンに入れたスタイルでいるのだ。シャツの裾をズボンに入れる男性。これははっきり言って、ダサい着こなし以外のなにものでもない。ところがところが、オダ◯ヨーがやると、ものすごくかっこよくて美しい、清潔感あふれる着こなしに見えるのである。これが私の贔屓目《ひいき》じゃないことは、シャツの裾に発情したかのように、「シャツがイン」「シャツがイン」って言ってる女性陣が証明している。

思えば、昔の少女漫画のヒーローは、シャツがインだったものである。しかし現実では、そんな着こなしがさまになってる男など、見たことがなかった。雌伏《しふく》二十年以上にして、私たちははじめて、理想的「シャツがイン」を目撃するという至福を味わったわけだ。ちょっとぐらい「シャツがイン」「シャツがイン」とうわごとを言っても、許されると思う。

ということで、『メゾン・ド・ヒミコ』を未見のかたは、ぜひ映画館へ走ってください。あの絶品の「シャツがイン」姿は、一見の価値がある。特に少女漫画好きのかたにとっては、見逃したら未練が残って成仏《じょうぶつ》できないぐらいに、超メガトン級の破壊力がある姿だと断言する。ネタばれせずに、この映画について語るのは非常に難しいので、まずはとっつきやすい部分（?）からアピールしてみた。

そして私が、「シャツがイン」について、チャットなみの速度で友人知人とメールのやりとりをしていたある夜。火宅に訪問者があった。

ピンポーンとチャイムが鳴り、「こんな時間にだれじゃい！」と台所の窓から顔を出すと……。暗闇《くらやみ》のなかに、汗だくの見知らぬ青年が立っていた。水色のポロシャツの裾を、ベージュのチノパンにインしている。あああ、これ、悪い見本！「シャツがイン」の悪い見本！

いきなり現実に引き戻された思いで、よろつきながら「どなたでしょうか」と聞くと、青年は怒濤《どとう》の勢いでしゃべりだした。

「ぼく、三カ月後にこの団体から、アフリカに派遣されます（と、パンフレットを掲げる）。飢餓に苦しむ子どもたちをなんとかしたいという一念から、現地に渡って活動しようと思い、いま、みなさまからの寄付を募ってます。つきましては、このコーヒーを買ってくれないでしょうか（と、アフリカっぽいパッケージのコーヒーを掲げる）」

「……あー。残念ながら、私はコーヒーを飲まないんですよ（嘘《うそ》）」

「大丈夫です！　そういうかたのために、ハンカチも用意しています」

青年は、ディ○ニー柄のハンカチを広げてみせた。ディ○ニーかよ！　その時点で、なにか矛盾や疑問を感じないのかきみは！

「……あー。わかりました。あなたの所属する団体のホームページはありますか」

「ありません」

「そうですか。では、いま団体名を覚えます（と、青年の掲げるパンフレットを凝視する）。はい、覚えました。私のほうで、あなたの所属する団体の活動状況と理念を調べます。そのうえで主旨に賛同できたら、寄付を事務局あてに送ります」

「いえ、それは……。いま、ぼくに払っていただけませんか」

「なぜですか」

「活動資金なんですよ！　三カ月後には出発するんですよ！　おねがいします、おねえさん！」

青年は、死んだ魚のような目で力説する。私はあんたの姉になった覚えはない。

「あなたの言うことにまったく納得いかないので、お金は払えません」

そう断ったら、すごーくすごーく傷ついた表情で、

「そうですか……」

と去っていった。洗脳されてるとしか思えない。アフリカでも悪霊に取り憑かれたりするんじゃないかと、気の揉《も》めることである。

という出来事を、翌日、近所のスナックに夕飯を食べにいって、ママに話した。マ

マは、

「来た！　そのひと、この店にも来たわよー。すぐに、『ごめんねえ、いま商売中だし、うちは協力できないから』って追い払っちゃったけど」

と言った。「あなたずいぶん、丁寧に応対したのねえ」

「いや、決して丁寧ではなかったですが、ちょっと気になったんですよ。夜遅くに汗だくでひとんちを訪問し、死んだ魚の目で力説する彼の原動力は、いったいなんなんだろうかと」

「……仕事がうまくいってないの？　それとも退屈だったの？」

ママは優しく私に尋ね、野菜の煮物を出してくれた。

うん、少なくとも退屈ではなかったですね。「シャツがイン」について、猛然と考察をめぐらせていたので……！

波紋法でこなごなにしちゃってください

最近ちらほらと、「この連載の更新日時は、いったいいつなんでしょうか」というお問い合わせをいただく。

以前は日曜の深夜（曜日が月曜に変わるころ）に更新されていたのだが、ウェブマガジンの管理面の諸事情から、「月曜日の午前中更新」に変更になっています。それだけでは説明がつかないほど更新が遅れてるときがあるような気がするが……。そういうときは、私がほかの原稿に追いまくられているか、私が日曜に遊びほうけているか、どちらかです。八割方は、後者です。すみません。

そういうわけで、ひとしきり週末に遊びほうけて、さっき帰宅したんだが、帰りの電車で隣に座ったひとが！　おもむろに鞄《かばん》から取りだして読みはじめた文庫が！『ロマンス小説の七日間』だった！（『ロマンス小説の七日間』っていうのは、私が書いた小説です。角川文庫から微妙な好評加減で発売中です。宣伝でした）

いやあ、びっくりした。文庫には書店カバーがかかっていたんだが、私は電車内で常に、そばにいるひとがなにを読んでるか、確認してしまう癖があるのだ。書店カバーになんかめげず、開かれたページを覗《のぞ》き見した。ていうか、ページを開くまえから、角川文庫だということはわかってた。書店カバーを通してうっすら透けて見える、カバー裏の「あらすじ」の文字の配列や、本文ページの紙の質感から、「角川だな」というのは見当がついた。もしかしたら私、TVチャンピオンに出られるかもしれないな。「文庫王選手権」とか。そんなのがあるのかどうか知らないが。

それで、「なんだろうなあ。いま売れてる角川文庫作品である可能性が高いが、万が一にも私の書いたものだったら超びっくりだよ、ははは」なんて、内心で思っていた。そしたら本文で、シャンドス（あ、登場人物名です）が川に悪者を沈めてるじゃん！　うそー！　全然売れてない（げほげほ）作品が、電車のなかで、書いた本人の隣で読まれてるよ！　億が一の可能性が来ちゃったよ！　ドリームジャンボ買ってたら、確実に三億円当たってたよコンチクショー！

しかも読んでいたのは、大学生くらいの男子。あやうく恋に落ちるところだった。「ありがとう、読んでくださってありがとう！　あの、おもしろくなくても、いま電車の床に本を投げ捨てたりはしないでくださいね」と、心のなかで百回ぐらいお礼と懇願をしました。

あるんだなあ、こういうことが。人生でベスト5に入るぐらいの驚愕《きょうがく》と感謝の念を抱いたわ。そういうわけで、『ロマンス小説の七日間』は、電車のなかで読まれるほどの好評加減で発売中です。まだお読みでないかたは、この機会に（どの機会だ）買ってみてくださいね。宣伝でした。

しかしなあ、この作品、一部のかたにはものすごくおもしろがっていただけたんだが、「あんた、いい塩梅《あんばい》に狂ってるよ！」って言われる率が高かったものでもあるんだよな……。あー、なんか不安になってきた。やっぱり彼の家まで尾行して、読後の表情もちゃんと覗き見するべきだったか。それは犯罪です。

さてさて、週末になにをして遊びほうけてたかというと、映画を見ていた。『チャーリーとチョコレート工場』と『スクラップ・ヘブン』だ。

『チャーリー』のほうは、冒頭の貧乏暮らしのあたりで、笑いと感動で涙がすでにちょちょぎれそうだった。ひとつのベッドに互い違いに寝てる四人のじいちゃんばあちゃん！　実写で見ると、おかしさが倍増する。ティム・バートンの毒気の部分と、まっとうに毎日を送る人々への眼差《まなざ》しが同時に味わえる、楽しい映画だった。

『スクラップ・ヘブン』は、青臭くなりそうな題材を、ぎりぎりで青臭くなく描写した、バランス感のいい映画だった。私はこういう映画は、すごく好きだ。ラストの感じとか。役者がまた、みんないいんだよなー。びっくりするほどのエロティシズムを醸《かも》しだしてるシーンもあるし。

しかし、「見にいくの、てへ」って友人Hに言ったら、「原稿が上がるまで、オダ○ヨー断ちするんじゃなかったのか」とつっこまれた。無理、それは無理。

「もういっそのこと、初日舞台挨拶《あいさつ》のある回に行けば？」

「そういう回のチケットを取るのは、大変なんだよ。ま、舞台挨拶の回に行こうと思わないのは、パフォーマンスでもあるんだけどね。『べつにそこまで好きじゃないから』という、意地を見せたいじゃない」

「……だれに見せる意地なわけ。『そこまで』って、どこまでなわけ」

Hの冷たい視線にさらされる。

でもでも、そんなこと言っておきながら、Hも『メゾン・ド・ヒミコ』を見て、オダ○ヨーのフェロモンに陥落したけどな。映画館のまえでHと待ち合わせしたのだが、『ヒミコ』を見終わって出てきた彼女は、確実に魂の抜けた顔をしていた。第一声が、

「よかった……」だもの。

「ほおらね。オダ○ヨーにつきあってくれって言われたら、つきあうでしょ」

「わかった、私が悪かった。つきあうよ、これはつきあうよ！」

ほぼ一年かけて、Hに勝利（？）した瞬間であった。つきあってくれとは永遠に言われないから、戦いにおけるジャッジの基準が曖昧《あいまい》なんですけれど。

えなりさん（仮名・Hの夫）が出張中で留守の家に上がりこみ、Hと深夜までアホ話を炸裂《さくれつ》させる。

「つきあうのはいいとして、その場合えなりさんの存在はどうなるの？」

「いいよいいよ、えなりも住まわせておけば。三人で一緒に暮らすよ」

「あら楽しそう。そうね、えなりさんもいてくれたほうが、オダ◯ョーもリラックスできると思うのよね」

「私一人では、あのフェロモンをどうにも受け止めかねるしな。彼の安らぎの場になれなくて、仕事が終わってても家に帰ってきてくれなさそうだもん」

「家までの道順すら、あっさり忘れ去られそうだからね。ここはやはり、愛されなごみ系キャラ、えなりさんにいてもらわねば。私もたまに、三人の愛の巣にお邪魔していいかしら」

「いいわよ。さりげなく二人きりになる時間もあげる」

「それはダメだよ！　嬉《うれ》しいけど、受け止めかねるよ！」

こんなに益のない会話もない。あの夜、世界で一番アホだったのは私たちだ。

いまHは、『ジョジョの奇妙な冒険』（荒木飛呂彦《あらきひろひこ》・集英社）に激烈夢中である。私もHにせっつかれて、ジョジョを第二部までは読破したところだ。「絶対に読め」と、弟に無理やり全巻貸しつけられていたものを、押入から引っぱりだしてきたのだ。

いまさらだけど、この漫画ホントにおもしろいな！　名言日めくりに収録したいセリフが目白押しだ。

註：「名言日めくり」とは

漫画愛好友だちのUさんと練った企画。

その名のとおり、「漫画の名言日めくりを作る」というものだ。合い言葉は、「この日めくりで、便所の神さま・相田み○をの地位を奪う！」だ。それぐらい本気で、全力を傾けて戦いを挑むつもりである。

日めくりの内容は至って単純で、名作漫画の名言が、一日一個ずつ記してある短冊《たんざく》状の紙だ。これを束ねたものを便所のドアに吊《つる》し、みなさまの日常に彩《いろど》りを添えるお手伝いをする。

著作権があるから、販売にこぎつけるのはものすごく大変だろう。あくまで個人の楽しみとして、名言を手書きしたものを無料配布するしかあるまい（それでも、なにか法律に引っかかりそうだが）。該当シーンのコマも、日めくりの下部にちゃんと載せたいものだが、これも著作権の問題があるので、我々が模写したヘタクソなイラストで我慢だ（それでも、なにか法律に引っかかりそうだが）。

Uさんと私は同志を募り、現在、猛然と名言のピックアップをしている。どの漫画の、どのセリフを名言として挙げるか、センスの問われる難しい作業だ。たとえば『ガラスの仮面』（美内《みうち》すずえ・白泉社）ひとつ取っても、名言は無数にある。そのなかから、みんながすぐに思い当たるセリフではなく、「そこが来たか！」と人々をうならせるような言葉を選ばねばならないのだ。

私は、友人Hが推奨するセリフがいいんじゃないかと思っている。それは、「今はただ眠れ…目覚めれば、地獄が待っている……!!」だ。『ガラかめ』のなかで、あえてここを持ってくるとは、さすがだな、友人Hよ……！

友人あんちゃんは、

「『日出処《ひいづるところ》の天子』（山岸凉子・白泉社）だったら、『斑鳩《いかるが》宮でのわたしとして生きるのだから……！』がいいと思います」

と言う。むむ、また渋いところが来たな！　しびれるぜ、あんちゃん！

「私は、『おにいさまへ…』（池田理代子《いけだりよこ》・中央公論新社）のなかでは、『だったらぼくは、そんな愛されかたなどごめんだ!!』がいいと思うの」

と言ったら、あんちゃんは、

「いえ、『むろん授業料はただ』。アー・ヴェー・ツェー』のほうがいいでしょう！」

と切り返してきた。負けた！　そっちのほうがいい！

友人たちの漫画センスに感涙するのだった。

Uさんと私は、「もう、一年が365日だなんて、少なすぎますよ！」「足りないですよね！　漫画の名言に比して、一年とはなんと短いものなのか！」と、嬉しい悲鳴をあげている。

ちなみに、一月一日の名言をなににするかは、もう決まっている。

島本和彦《しまもとかずひこ》の傑作、『燃えよペン』（小学館）から、

「あえて……寝るっ!!」

だ。これしかない！

長い註、終わり

Hと私は早速、ジョジョの名ゼリフで会話を交わす。

「『恋！　そのすてきな好奇心』を、きみも味わえたようでよかった」

「『ヒミコ』を見終えてはや半日が過ぎようとしているわけだが、『改めて思い出すにあの子バッグンにカワイイぞ！』という思いがすることだ」

「うーむ、『ジョジョ』のこの独特の言語センスはなんなんだろう」

「登場人物もナレーションも、いっつも驚いてるしな」

「『ロンドン！』」

「うむ、『ロンドン！』」

単に地名を説明するだけでも、ビックリマークがつくのだ。

もちろん私たちは、姿見のまえでジョジョのポージングに勤《いそ》しんだ。できない。関節可動域と地球の重力の枷《かせ》を軽く超えている。

「ぐぶぬぁあああ！　はあはあ、こんなにハードなストレッチがかつてあっただろうか！」

「くそ、酒がまわってきやがったぜ！　股《こ》関節《かんせつ》も痛くてならねえ！」

「おい相棒、おまえの手の向き、あきらかにまちがってるぜ！」

「だって無理だよ、この角度は骨折でもしないかぎり模倣不能だよ！」

「拘束着で無理やりねじまげられた熊《くま》の剝製《はくせい》」みたいな恰好《かっこう》で、脂汗《あぶらあせ》を垂らす。

「ところで最近、ほかにもおもしろい漫画を読んだところだ！」

「みなまで言うな。『大奥』（よしながふみ・白泉社）だろう！」

「そう！　あれ、すごくないか！」

「すごすぎる！　どうしてああいうことを思いつくんだ！　フェミと物語性の完璧《かんぺき》な
る融合だよ！」

「俺はこの時代に生まれたことを、何者かに感謝したい！」

「少女漫画（およびＢＬ）の長きにわたる格闘の末に結実した傑作！　『う……美し
すぎます！』」

「『わたしにとってそれは残酷なる勇気！』」

「『ふるえるぞハート！　燃えつきるほどヒート！』」

「……ところで、そろそろこのポーズを解いていいか」

「ああ、解こう。明日、歩くこともできそうにないぐらい、さっきから関節がいやな
音を立てている」

もいちど言うが、世界で一番アホな夜を過ごしたのは、私たちだ。

スタンド「三人称」

どうでもいいといえばどうでもいいのだが、どうしても気になることがある。

「二番目にお待ちのお客さま、どうぞ」だ。

最近、このフレーズをすごくよく耳にする。主に、火宅から徒歩二分のコンビニで。だからもしかしたら、ものすごく局地的な現象なのかもしれないが……。

いちおう説明すると、コンビニでレジの順番を並んで待ってるわけだ。レジは二つあって、でも列は一列。空いたほうのレジに、列の先頭にいるひとが行く、という並びかただ。で、会計をすませた客がレジから離れると、店員さんが列に向かって言うのである。

「二番目にお待ちのお客さま、どうぞ」と。

私が列の先頭に立っていた場合、一瞬動けない。自分を呼んでるとは思えないからだ。

私が先頭のひとの次に立っていた場合、先頭のひとを追い越して一瞬動きそうになる。自分を呼んでるとしか思えないからだ。

いや、店員さんの言いたいこともよくわかる。いま、レジで会計をすませたひとを「一人目」と勘定に入れて、待ちの列の先頭のひとを「二番目」と称してるんだろ？　わかるよ、理屈はわかる。だけどなんかこう、私の数の数えかたとは、決定的に感覚がちがうんだよ！

うまく説明できないが、「列の先頭のひとを『二番目にお待ち』と表現するのは、なんだか変じゃないか？」と、どうしても思えてならないのだ。「the first floor」を、私はアメリカ英語的に「一階」と認識してたのに、相手はイギリス英語で「二階」のつもりでしゃべってて、全然意志の疎通《そつう》ができない！　みたいな。文化のちがいというか、感覚の深い断絶というか。

こういうことって、積み重なると離婚の原因になったりすると思うな。近所のコンビニの学生アルバイトと結婚してるわけではないが、しかし早急に私たちは話しあったほうがいいんじゃないかしら。それとも愛する彼のために、ここはひとつ私が譲歩を見せて、「二番目」に慣れるべき？　などと、コンビニ帰りの徒歩二分間を、必ず悩み通してしまう。

これはつまり、視点の問題なのだ。

レジに立つ店員からすると、「いま、一人の客の応対を終えた。じゃあ、二番目のひとを呼ぼう」ということなのだろう。しかし、列に並んで待つものの大多数は、自分は列に所属していると認識してると思う。レジと列とのあいだには隔たりがあって、「順番を待つ」という行為をしている自分と、いま会計を終えた客とは、まったく別世界の人間なのである（彼我に隔絶があるからこそ、ひとは「待つ」のだ）。それを数に含められてもなあ、という気分なのである。

解決策は簡単だ。「二番目」という店員の認識主体な表現をやめ、「次のかた、どうぞ」と言えばいいだけである。「二番目」で生じる感覚的齟齬《そご》が、店員の一人称と待ってる客の一人称のズレだとしたら、「次のかた」は、どっちにとっても丸く収まる、三人称的俯瞰《ふかん》表現と申せよう。

ではなぜ、コンビニでは「二番目」表現が横行しているのか。

「次のかた」と言うより、「二番目にお待ちのお客さま」と言ったほうが、丁寧だと思ってるからではないか、と私は推測する。

「お次でお待ちのお客さま」と言うコンビニもある。しかしこれだと、「お」が多すぎるし、「お次」というのがなんとなく古めかしい感じがする。それで、「もっと丁寧かつスマートな言いまわしは……、そうだ！　『二番目』って言えばいいんだ！」ということになったのではあるまいか。「つぎ」より「にばんめ」のほうが、二音も多く発音しなきゃならないし、これは丁寧だ！　ってわけだ。釣り銭を渡すときに、「三百円のお返しです」と言えばいいものを、「三百円のお返しになります」と、わざわざ音数を増やして丁寧に言ったつもりになってるのと同じだ。お返しになってみやがれ、ってんだ。

いけないいけない。「どうでもいい」などと言っておきながら、綿々と「二番目」問題を語ってしまったわ。だけどこれは、「客のために丁寧な表現をしなければ」と思いつつ、実は自分（店員）の視点ばっかりで物を見てることが露呈してしまっている、象徴的な例ではないかと感じられるのだ。「二番目」にここまでこだわる私も、相当自分中心主義ですが。

みんな、自分の立ち位置を大切にしつつも、相手を含めた広い視野で物を見ようよ。コンビニのレジまわりは三人称で認識することにしようよ。自戒をこめて、火宅にあるウサコちゃんのぬいぐるみに向かって語りかけるのであった。

今週はほかに、とりたてて話題もない。徒歩二分のコンビニ以外、どこにも行かなかったからだ。

あ、『ジョジョの奇妙な冒険』を第五部まで読み終わった。仕事？　そんなものは捨て置け。

いま、私のベッドにはジョジョ・タワーが形成されており（第五部までで六十三巻ある）、今朝もなだれ落ちてきたジョジョの単行本に顔面を直撃されて目が覚めた。大変びっくらこいた。「うわわわわ」と、漫画をざらざらかきわけながら飛び起きた自分を、三人称的俯瞰で見てみたかったたぐらいだ。そんなスタンドないかなー（※）。腹筋が弱いので、「飛び起きた」と思っているのは私だけで、実際のところはひっくり返った昆虫みたいな動きだった可能性が高いが。

（※スタンドとはなにか！　説明しよう！　超能力が具現化したもので、幽体みたいなものだ！　スタンドのことは「スタンド使い」しか見ることができない！　スタンドの形状や特性はさまざまだが、「スタンド使い」の背後にボーッと浮かびあがるものが多い！　ジョジョたちはそれぞれ、自分のスタンド同士を戦わせるのである！　以上、『ジョジョ』にならって、「！」を多用した註でした）

私が一番好きなのは、第四部だ。ジョジョを読んだことないかたには、さっぱりな話題で恐縮だ。

もちろん、第一部から第三部までの積み重ねがあってこその第四部だし、第五部はスタンドの設定と冒険との兼ね合いがひとつの到達を見て、スケールが大きくて楽しい。しかし第五部まで通して読んでみて、私はそれでも、第四部の牧歌的世界と繊細さを愛する。ひとつの町で起こる不思議な出来事。個性的だが等身大（スタンドは持ってるけど）の住人たち。ミニマムな設定のなかで、ここまで血湧《わ》き肉踊るあたたかい少年漫画を描けるのかと、感動の涙にむせばずにはおれなかった。

第五部もまたすごくて、荒木先生の熱血漢ぶりに、胸打たれつつも爆笑せずにはいられないシーンがあった。すごく卑劣な敵が登場するのだが、（以下、ネタバレなので未読のかたはご注意ください）それに対して主人公が猛撃。一ページまるごと使った大ゴマが、なんと七ページもつづく。そのあいだずーっと、主人公は連続して拳《こぶし》を繰りだしてるわけだ。主人公（および荒木先生）の、卑劣な敵への怒りの激しさを痛感したが、それにしてもこれ、担当さんはよくネームにＯＫを出したなあ。少年漫画の歴史に残る、すばらしいシーンだ。

『大奥』といい『ジョジョ』といい、最近私の漫画ライフは充実していて、至福である。この幸せを味わえれば、ほかにはもう、なんにもいらない……。大根の煮物と豆腐ばっかり食べてるのに、なぜか太ってしまってるほどの充実感だ。鍋《なべ》いっぱいの大根の煮物はもちろん、「これだけあったら、毎回おかずを作る手間が省けるな」と、漫画を読む時間を確保するために作成したのだ。米は面倒なので炊《た》いていない。ある意味では、「おしん」よりも清貧な生活ぶりだ。

漫画を読む時間を毎日六時間以上与えてくれて、冬の最中《さなか》に井戸で水くみとかしなくていいのなら、いつでもおしんになる準備がある。大根飯の飯抜き（つまり大根）だけでも、おらぁ辛抱しますだ。

なんだかんだで楽しくすごす

気がつくと仕事をしていて、気がつくと寝ている。どっちも十時間ずつぐらい。残りの四時間はどこに行っちゃったのかなと思うが、たぶんボーッとしたり漫画読んだりご飯食べたりしてるんだろう。自堕落なのかストイックなのかわからぬ日々だ。

こういう調子で生活してると、「なにを食べるか」ということしか考えられなくなってくるからこわい。夢のなかで天丼《てんどん》を食べていた。朝の六時に目が覚めて、「今日は絶対に天丼を食べるぞ」と思い定めながら、冷蔵庫になにも入っていないので、しかたなくカップうどんをする。

あいだにボーッとしたり漫画を読んだりする時間を挟みつつ、パソコンに向かう。切りのいいところまで、と思っていたら、もう夜の八時半。あわてて家を飛びだすも、近所のソバ屋の暖簾《のれん》は無情にもしまわれている。くうぅ、天丼……！　こうなったらもう、スーパーかコンビニで売ってるミニ天丼でもいい。何軒かまわってみるが、なぜかどこも天丼を置いていない。

そうだ、弁当屋に行ってみよう。オ◯ジン弁当には天丼がないが、もうちょっと離れたところにある××弁当のメニューにはあったはず。ボロボロの部屋着にマフラーを巻いただけの恰好《かっこう》で、寒くてしかたないが、天丼のためならもうひとっ走りしてもいい。

オ◯ジン弁当が進出してきたせいで、××弁当はさびれていた。飲み物の入ったガラスケースが、不吉な振動とともに轟音《ごうおん》を立てていた。どうしてさびれている店の蛍光灯は、青っぽいのか。栄えてる店の蛍光灯は白っぽいのに。

ひどい風邪を引いてる女の子が応対してくれた。「天丼ください！」と積年（一日）の思いをぶつけ、椅子《いす》に座って待つ。野球帽をかぶったおじさんが、厨房《ちゅうぼう》でなにやらごそごそしはじめた。チーン、チーン、チーンと三回、電子レンジの鳴る音がした。女の子が「天丼おまちどおさまでした」とゴホゴホ咳《せ》きこみながら言った。

揚げ物のはずなのに、揚げないんだ……。嘘《うそ》でもいいから、「ジュワッ」という熱い油の音を聞きたかった。そういう音でできあがりを合図する電子レンジはないものか。

まあいい。とにかく天丼が手に入った。

火宅に帰り、買っておいたBL小説を読みながら、パソコン机で天丼を食べることにする。

蓋《ふた》をあけると、ご飯のうえにレンコンとシシトウとイカとエビの天ぷらが載っていた。しかも、イカとエビは二つずつだ。値段のわりに豪華であることよ。私はエビが好物なので、まず最初に一尾食べ、あとの一尾は最後に取っておくことにした。

好物を先に食べるかあとに食べるか、たまに話題に上ることがあるが、私は絶対的にあとに食べる派だ。にぎり寿司《ずし》も、一番最後に食べるのはエビだ。甘エビとボイルエビが両方入っていた場合、イの一番に甘エビを食べ、最後にボイルエビを食べる。つまり、ボイルエビ∨甘エビ∨その他のネタなのだ。エビは全般的に好きだが、どちらかというと火が通ったもののほうが好きらしい。エビフライ∨天ぷらのエビ∨ボイルエビ∨生のエビって感じである。

エビ談義をしたかったのではない。

私はBL小説の濡《ぬ》れ場を熟読しながら、一匹目のエビにつづき、シシトウ、イカ、レンコン、イカと食べ進み、いよいよ最後のエビを残すのみという局面を迎えた。

ちなみに丼物《どんぶりもの》を食す場合、私は神経質なまでに、ご飯とうえに載ったものとを等分にたいらげていく。どっちかがちょっとでも余分に残ってしまうと、「失敗だ。私としたことが……！」と、すごくがっかりする。あとこのごろ、ＢＬのどんな濡れ場を読みながらでも、淡々とご飯を食べられるようになった。ものすごくアクロバティックな体位が展開されようと、キャラクターの品性を疑う責め言葉が使用されていようと、刮目《かつもく》に値する擬音が乱舞していようと、「ふうむ、ふむふむ」と飯粒と一緒に咀《そ》嚼《しゃく》してしまう。しばしば、「自分はなにが楽しくて生きているんだろう」と思う。

人生を嘆きたかったのではない。

いよいよ最後のエビだ。ご飯の残量も申し分ない。私はエビの天ぷらをムシャリと一口食べ、そこで箸《はし》を置いた。

これ、エビ天じゃなくチクワ天だったよ！

今週一番哀《かな》しく、また、怒りを覚えた事柄である。

具の形状がよくわかんないぐらい、衣をつけるのはやめてくれ××屋！　実際のところレンコンの天ぷらも、イモ天かと思って食べたらレンコンでびっくりしたんだよ！　シシトウもピーマンかと思って食べたらシシトウだったんだよ！

まあな、三百九十円の天丼に、エビが二尾入っていると思うのが甘ちゃんだよな。私はもう、自分の判断能力を信じない。それから、世の中には幸福（エビが二尾入ってること）が転がっている、などという幻想も抱かない。

やさぐれて、夜十時には早々とフテ寝する。トマトクリームソースのスパゲティを食べてる夢を見る。朝六時に目が覚めて（以下略）。

あれ、八時間しか寝てないや（じゅうぶんだが）。一日に十二時間も仕事をしてはよくないので、なにがよくないのかよくわからないが、とにかくよくないので、余った二時間は外出にあてることにした。外出するより、ゴミ溜《た》めというかゴミそのものな部屋のなかをなんとかしたほうがいい気がする。洗濯機から盛りあがるほどの洗濯物も、なんとかしたほうがいい気がする。でも無視する。

隣町まで漫画を買いにいこう。

最寄《もよ》り駅で電車を待っていたら、ホームに男子高校生の一団がやってきた。携帯でゲームをしたり、メールを打ったり、小突きあったりしている。そのなかに、『リアル』（井上雄彦《いのうえたけひこ》・集英社）の最新刊を読みふけっている子がいた。電車が来て、男子高校生たちと私は同じドアから乗車した。

発車して二分以上経《た》ってから、『リアル』を読んでた男の子がふと顔を上げて言った。

「うわ、俺いつのまに電車に乗ったの⁉」

携帯をいじったり小突きあったりしていた六人ばかりが、いっせいにツッコミを入れた。

「アホかおまえ」

「さっきからずっと乗ってるよ!」

「ていうかそれ、俺の漫画。朝買ったばっかなのに、なんでおまえが先に読んでんの」

　私は『リアル』を読んでた男の子を、「レミングくん」と心のなかで命名した(仲間のあとをついていって、崖《がけ》から落ちても気づかなそうだから)。レミングくんは、

「いや、この漫画やべえって。マジはまるって」

と、ひどく感銘を受けた表情で言った。

　改めて、井上雄彦の偉大さを思い知った。興奮と感動で輝くいまのきみの顔を、写メールで井上先生に見せてあげたいよ。ゴッド・井上は、とても喜ぶと思うぞ。私が持ってるのは旧式のPHSで、カメラ機能がついてないが。もちろん、井上先生の連絡先も知らないが。きみのように夢中で作品を読んでくれる子がいるなんて、作者冥利《みょうり》につきるってものだろうなあ、ううう。

　きみの気持ち、よくわかるよレミングくん!　こっそり様子をうかがっていた私も、深く感銘を受けたのだった。本当におもしろいものを読んでるときには、時間も場所

も忘れてしまうよね。それほどまでにおもしろい作品にめぐりあえたとき、おおげさでなく「生きててよかった」と思う。

私は火宅で食事をするときはたいがい、なにかしらものを読んでいる。最近の夕飯は、週に三回は屋台のたこ焼きだ。気に入ったものは、大層な頻度で食べてしまうのだ。で、本や漫画を読みながらたこ焼きを食べるのだが、気がつくとパックのなかにたこ焼きが一個も残ってないのだ！

ええー、いつのまに食べきっちゃったの？　と思う。読むのに夢中になって、食べたんだか食べてないんだかわからない。「まあ食べたんだろう」と自分に言い聞かせ、区切りのつくところまで読んで、「さてと」と立ちあがる。

すると畳のうえに、たこ焼きが一個落ちてるのである！　ひどいときには、二個落ちてるのである！

楊枝《ようじ》から落ちたのにも気づかないほど、本に熱中しちゃってるのだ。なにも刺さってない楊枝を無意識に口に運び、食べたつもりになっているらしい。そんな自分、だれにも見せたくない。落ちていたたこ焼きは、もちろん拾って食べる。また腰を下ろして、「じゃあ、せっかくだから」と本のつづきを読みながら、拾って食べるのだ。掃除してないのに……。まあいい。死にゃしないからな。

今週一番「よかったこと」は、レミングくんの幸福な読書の瞬間に立ち会えたことだ。

怒りの反射速度

なんだか落ちこんでしまう出来事があり、食欲もなく部屋でシクシク泣いているのだが、前々から約束していた飲み会には出かけた。落ちこんでいても、酒は飲めるのだ。

集まったのは、古本屋でアルバイトしていたときの仲間だ。あんちゃん、女犯坊、ふーみんさん、タミーさんというメンツ。気心の知れている友人を相手に、私はひとしきり愚痴をこぼしまくった。「ふむふむ、そりゃひどい話だねえ」などと耳を傾けてもらったおかげで、少しすっきりする。

女犯坊が、

「やり場のない怒りって、本当に持続しますよね。俺も風呂《ふろ》に入ってるときとかに、過去に腹立ったことをふと思い返しては、時間を忘れて怒ってます」

と言った。「昨日なんかも、『あのときああ言ってやればよかった』とか、『殴り殺したい』とか想像していて、気づいたら怒ったまま二時間も風呂に浸《つ》かってました。湯がぬるくなって、肌がガサガサになってましたよ」

「……。長風呂すぎて、脂《あぶら》分が抜けちゃったんだね」

「ええ。とにかく、俺を怒らせるものが世の中には多すぎます。俺んち、寺でしょう。廊下が長いんですよ。なのに、玄関のチャイムを何度も鳴らすやつがいる！」

「はい？」

「ピンポーンってチャイムが鳴って、法事の途中に本堂から玄関まで必死で廊下を走るんですよ。でも走ってる途中で、また鳴らしやがる！『わかってる、いま向かってる！』って、激怒です」

「それはいくらなんでも、怒りの着火点が低すぎるよね」

「女犯坊には、導火線ってものがないもん。チャッ、ボンッ！　って感じだもん」

居合わせたものたちは、ひそひそと囁《ささや》きあう。女犯坊はおかまいなしに、「怒りの廊下」話をつづけている。

「そんでようやく玄関にたどりついて、ドアを開ける。すると、セールスなんですよ！『りんごジュース買ってください』とか言うんですよ！　いらねえよ！　法事中なんだよいま！　一応パンフレットだけもらって、帰ってもらいますけど。あとセールスの電話も腹立ちますよ。『女犯坊さんいらっしゃいますか。会社の同僚の金田ですけど』とか言う。会社ってなんなんですかね、俺は坊主《ぼうず》なのに。なんか売りたいなら、もっと調べて電話かけてこいコンコンチキ！　と、相手より一秒でも早く受話器を叩《たた》きつけてやります。丁寧に、『申し訳ありませんが、うちはけっこうですから』とか言ってると、言ってる途中に切られちゃうじゃないですか。あれがもうホントに、血管がキレそうなぐらいむかつく。だから、まくしたてるだけまくしたてて、絶対にこっちから通話を切ることに命賭《か》けてますね俺は」

なんだかわかんないけど、セールス電話相手に壮絶な戦いを繰り広げているらしい。

女犯坊は、ホゥとため息をついた。

「とにかく、ストレスが溜《た》まりますよ。最近、俺はストレスが高じて、胸が痛くてたまらないんですよ」

「たしかに、ひどいストレスがあると、なんだか心臓が痛くなるよね」

と私は言った。ところが女犯坊は、

「いえ、心臓じゃなく。もっと表面っていうか」

と言うのだ。「なんつうんですか、乳首が痛いんですよ」

私たちはいっせいに、ブーッと酒を噴いた。

「なんなのそれ！」

「乳首が痛くなるストレスって、どんなストレスだよ！」

「いや、深刻なんですよ！」

女犯坊はテーブルを叩く。「胸が張って、乳首が痛くて痛くてたまんないんです」

「女犯坊は、生理前か赤ん坊を生んだか、どっちなんですかね」

と私はタミーさんに言い、

「うーん、生理前じゃないかな」

とタミーさんは推測した。

「俺に生理はありません。真剣に聞いてください」

女犯坊はぐびりと酒を飲む。「胸にしこりがあるんです」

「大変だよ！　病院行ったの？」

さすがに真剣にならざるをえない事態だ。女犯坊は、「行きました」とうなずく。

「男も乳ガンになることがあるっていうし、絶望的な気分になって行きました。そしたら医者は、俺の胸を触って、『うーん、たしかに張ってるねえ』って言うんです。首のあたりも触って調べる。リンパ腺《せん》とかあるしな、と、そこまではわかったんですよ。でも次がわかんない。『じゃ、ズボンとパンツ下ろして』って言われたんです」

「……なんで？」

「まったくもって、なんで？　ですよ。でもしょうがないから、脱ぎました。そんな心づもりはなかったから、ちょっとパンツに気合い入ってなかったですけど」

「女医さんだったの？」

「男です。それでもやっぱり、覚悟なくパンツ下ろすと、恥じらいの気持ちが生じるもんなんです。しかし、さらなる衝撃が待ち受けていました。医者はなんの断りもなしに……俺のキ×タマ揉《も》んだんですよ！」

「そりゃもう、おムコに行けないわ」

深刻な事態だというのに、耐えきれずに爆笑する私たち。

「で、結局どうだったの？　大丈夫なの？」

「まだ検査結果待ちではあるんですけど、どうも俺、女性化しちゃってるらしいです。ホルモンバランスが崩れたのが原因らしくて。思春期の男子にはたまにあることで、薬で治るそうですけど」

「思春期じゃないのにねえ」

と私は、女犯坊をじろじろ眺めた。「それはでも、胸だけなの？　あっちの機能とかはどうなの？」

「あっちってどっちですか。まあ、そっちは快調ですよ。変化なしです」

「いつもどおりの暴れん坊ぶりなのか。いっそあんた、本当に一度女になったらいいぐらいなのに」

「それほど暴れてもないですよ。それに女にはなりたくねえ！」

「まあ、失礼ね。女になるのも悪くないのに」

と私は腕組みし、

「そうだよ、女犯坊はこれを機に女の気持ちがわかるようになって、モテ度が上がるかもよ？」

とタミーさんもおっとりと女性化を推奨した。

「いやだ。どうしたって、男には女の気持ちなんてわからない。男女は断絶したままですよ」

女犯坊はうめくように訴えた。「どうしてあのひとたち、急に怒りだすんですかね？　俺はいつも、なにが女の怒りのポイントなのかわかりません」

「『導火線のない爆弾』なあんたに言われたくないよ！」

「そうだよ、男女というより、女犯坊とほかの人類とのあいだでは、怒りのポイントをわかりあえないというだけだよ！」

「しかしまあとりあえず、女性化しつつあるという胸を触らせて」

私たちは女犯坊の胸を揉み、

「あ、ほんとだ。左だけちょっと乳首が大きい」

「うん、たしかに張ってるわ、これ」

と言いあう。

女犯坊は、「あんっ、痛いんですって、もっと優しく！」と身もだえしつつ、

「どうして、唐突に怒るのかなあ。わからないままに怒られて、いつもわからないままに終わってしまう……」

と、なにやら失った恋を嘆いているのだった。

そんなことより、きみ、早く薬をもらったほうがいいぞ。ホルモンバランスを調える薬とともに、血圧を下げる薬も、な。

すべて感性で乗りこえろ

まずい、ほんっとうに最近、いいことがない！

開運の壺《つぼ》やら掛け軸やら印鑑やら、いまなら買ってしまうかもしれない。

と、死国のYちゃんに向かって嘆いてみせたら、Yちゃんは言った。

「心が弱っているときには、いいことがあっても気づけないものなんよ」

私たちはまた、バ○チクのライブに参戦したのである。じゅうぶん、いいことの真っ最中ではないか。なるほど、それもそうだと納得した。

バ○チクは今年、結成二十周年ということで、今回のライブでは初期の曲なども演奏した。これがもう衝撃の曲たちなのである。Yちゃんと私はライブを堪能《たんのう》し、一緒に火宅に帰った。帰ってから即座に、過去のライブビデオなどを見ながら反芻《はんすう》会に突入だ。

「すごかったね……。『HURRY　UP　MODE』とか、改めて聞くに、尋常じゃない歌詞とコード進行で斬新《ざんしん》すぎるよ……」

と私は呆然《ぼうぜん》と畳のうえに座りこむ。

「このあいだ私、バ〇チクの一枚目のアルバムを聞き返したんよ。そしたらあんまりおもしろくて、百回ぐらいヘビーローテしてしまったわ」

とYちゃんは言った。

『HURRY UP MODE』の歌詞を引用できず、無念でならない。しかし歌詞を読んだとしても、ブッ飛んでいてなにを言いたいのかよくわからない。コードも、これまで聞いたことがないような妙な進行と展開を見せる名（迷？）曲。サビの部分が、曲のなかで明らかに浮いている。五曲分ぐらいのリズムとコードをめちゃくちゃにくっつけてできました、という感じ。なんだかわけがわからんが、「音楽を作りたい！　バンドをやりたい！」という熱い思いが伝わってくるのはたしかだ。「この勢いだけのヘンテコリンな曲（失敬）から、よくぞいまのレベルまで進化したものよ」と感慨深い。妙さはいまも変わらずなのだが、そこがいいのだ。

「『HURRY UP MODE』って、『時代よ、俺たちに追いつけ』って思いで作った曲らしいんよ」

とYちゃんが言った。

「ええっ」

私は度肝を抜かれた。「じっくり考えたこともなかったけど、じゃあこのタイトルは、『急げ』と『モード』に呼びかけているわけなの⁉」

「そうよ。まあ、深く考えちゃいかん。感じるんや！」

すみません、ファンのはずなのに、どう頑張っても追いつけそうにありません。彼らの（いろんな意味で）刺激的な曲づくりを知るにつけ、進むべき愛の沃野《よくや》がまだまだ広がっていることに気づかされるのだった。

「バ○チクが好き」と言うと、返ってくる反応はたいてい、「えっ、あのバンド、まだやってたんだ」か、「ああ、『悪の華』ね」というものだ（ちなみに『HURRY UP MODE』は、『悪の華』よりもまだまえの曲）。私は歯がゆくてならない。バ○チクは、『悪の華』の次に出したアルバム、『狂った太陽』（これは本当に名盤）以降が断然おもしろいのに！　彼らがアルバムを出し、ライブを重ねるたびごとに、どんどん変化し深みへ到達していくさまを、もっともっと多くのひとに味わってほしいのに……！　なぜ世間の認識は『悪の華』どまりなんだ！

たぶんバ○チクファンは共通して、こういう、「あなた、マネージャーさんなんですか？」的なヤキモキを抱えていることと思う。

まあいい。俺たちは俺たちで、これからも彼らを静かに愛していこうや。Yちゃんと私は、決意と高揚のうちに酒を飲みつづけたのだった。

深夜というよりも夜明けが近い時間になると、反努会もまったりとした雰囲気になる。畳にゴロゴロと横たわりながら、なんでか「『放課後』っていい言葉だよね」という話題になった。

「『課題の後に放たれる』か……」

「いや、『課題から解き放たれた後』じゃないの」

「おんなしやん。しかし、だれが考えた言葉なんやろ」

「『放課後』と聞いただけで、切なさと甘酸《あまず》っぱさと冒険へのときめきと若干のいかがわしさが想起されるもんね。すばらしいよ。比較的新しい、明治期ぐらいにできた言葉のような感じがするが」

「うん。学校制度の確立とともに、役人が作ったんやろうな。それにしては、卓抜したセンスや。どうして一緒に、『会社が終わったあと』を表す言葉も作ってくれなかったんやろ」

「そういえば、会社の仕事が終わったあとの時間は、みんななんて言うんだろ」

「『アフターファイブ』とかやろ。『放課後』ほどのイメージ喚起力がないし、だいたい『ファイブ』で仕事は終わらんしな。『大人の放課後』とか言えばいいんかな」

「それ、なんだかものすごくいかがわしくなっちゃってるよ！　余計な形容をつけずに、会社でも『放課後』という言葉をはやらせればいいんだよ！」

「部長が、『Yくん、今日の放課後あいてるか？』とか聞いてくるわけやな」

「……ダメだ。即座に、社内のセクハラ相談室に電話したくなるほどいかがわしい。部長はただ、飲み会へのお誘いをしてくれただけだというのに……！」

「やっぱり『放課後』って単語がなあ。大人が使うにはそぐわない、きらめきに満ちてるもんやからなあ」

私たちはウンウンと、『放課後』に匹敵する言葉を作ろうとした。しかし思いつくよりもまえに、Yちゃんがまたべつのことを言いだす。

「刑事のことを、デカって言うやろ。あれはなんでなん？」

「さあ……。英語の略かなんか？」

「なんていう英語の」

「そう責められても……。『デカ』という語感で思いつく日本語が、あまりないんだもん。『デカい』とか『しでかす』ぐらいかな」

「しでかす……、わかった！『でかした』から来てるんやない？」

「それだ！　たぶん、お手柄を連発する『山下』という刑事がいたんだよ。仲間から、『でかした、山下！』っていつも褒められて、そのうち山下のあだ名が『でかした』になった。名刑事山下に敬意を表し、そこから刑事を『デカ』と称するようになった。どうかね、この説は」

「完璧《かんぺき》やな。それ以外に考えつかんな」

いま気になって辞書を引いてみたところ、デカの語源が載っていた。

でか：刑事。［明治時代、刑事が角袖《かくそで》を着ていたので、「かくそで」を転倒して略した語］（三省堂『大辞林』）

つまらん！　山下のお手柄をねたんだだれかが、真実を隠蔽《いんぺい》したとしか思えん！

ちなみにバ○チク（そしてスペルは「ＢＵＣＫ－ＴＩＣＫ」）の名前の由来は……、考えるな、感じろ！

革命を我に！

えー、もう一週間？　私はいったいなにをやっていたのかしら、全然思い出せないわ。

そうだ、『アンダーカレント』（豊田《とよだ》徹也《てつや》・講談社）という漫画をエッセイでおすすめしたところ、「本屋さんで見つかりません」とのメールを何通かいただいた。

青っぽい表紙で、背の部分は１・５センチぐらい幅があります。青年誌に掲載された漫画は、たいがい五百円ぐらいのコミックスになるが、これはそれよりもひとまわり大きな判型です。たとえるなら、『バガボンド』じゃなくて『攻殻機動隊』サイズっていうの？　ますます混迷が深まる説明かもしれんが、探してください。それでも見つからなかったら、書店で注文するか、ア○ゾンなどでポチッてください。あなたはどんどん、探したくなる〜、ポチりたくなる〜（催眠術）。

友人あんちゃんは、クリックひとつで物品を購入することを、「ポチる」と言い表した。その語感の軽妙さと、そこはかとなく漂う悲哀が、ア○ゾンの危険な罠《わな》を見事に象徴している。私たちは会うたびに、「またこのあいだポチッちゃってさあ」「私もポチりましたよ。もうどうしよう～」と嘆きあう。

あの「おすすめ商品」というのがまた、微妙に的を外していて、腹が立つんだよなあ。「あんたは私の趣味を勘違いしている。私が求めてるのは、もっとこう……！」と、自分の好みを教えようと躍起になってしまう。「こなくそ！」とばかりに、好きな本や漫画を検索してみせたりして。

ア○ゾンと私は、出来上がったばかりの高校生カップルなのか？　べつにア○ゾンに、そこまで私を理解してもらおうとしなくてもいいのではないか。と、ふと気づいたときには、すでになにかしらを購入してしまったあとだ。好みを知らしめてやるためのデモンストレーションのはずだったのに、いつしか本気で欲しいものを探しちゃっているのだ。微妙に的を外した「おすすめ」も、恋の駆け引きのひとつだったというわけかア○ゾンめ……！

一週間、部屋に引きこもってア○ゾンとの心理戦を繰り広げていただけなのか私は。そうそう、ほかにもしたことがあった。母と喧嘩《けんか》だ。わりといつものことだ。

やっとちょっと仕事に区切りがついて、本宅に行ったのだ。火宅では食べきれない、いただきものなどを手みやげに持って。それで、会わなかったあいだに起きたことをしゃべっていたら、母が急に話の腰を折った。ものすごく憎々しげな口調で（私の主観においては）。それで大喧嘩。え、それだけで？　って驚かれると思うが、それだけで。

「お母さんはだいたい、いっつも気分で動くんだよ！　そのまえにちょっと、『ずっと仕事ばっかりで、だれかとしゃべりたい気分なんだな』とか、思いやってくれたっていいじゃん、ばか！」

「なに言ってんのよ、私がいつ気分で動いたのよ。そういうこと言うのやめてほしいわね。しゃべるまえに、することをしなさいって言っただけでしょ。溜《た》まった郵便物を仕分けするとか。いいかげん、転居通知を徹底しなさいよ」

「これっぱかしの郵便物が、どれだけの幅を取るってのよ。ちょっとぐらい置いておいてくれっつうの。ホントに心が狭い人間だね、あんたは」

「なにを一人前に偉そうに！　外面《そとづら》ばっかりよくって、底意地悪いくせに！」

「ああ、ああ、底意地悪いよ。でも外面がいいって言うけどねえ、お母さん以外のひとに対しては、私ももうちょっと優しい気持ちで接することができるっていうだけのことだよ。それぐらい、お母さんとはソリが合わないってことなんだよ。いいかげん、そこをわかれっつうの！」

「それはこっちのセリフよ！　あんたが小さいときから、私はあんたとは性格合わないと思ってました！」

近所中に響きわたるほどの大声で、お互いに口をきわめて人格非難しあう。わりといつものことだ。

「もういい！　ぷい！」

と、泣きながら本宅を飛びでる。たぶん滞在時間は十分もなかったと思う。それ以来、母とは没交渉だ。あー、思い出すだに腹が立つ。母方の祖母や伯母に電話をかけまくって、「おたくの娘さん（もしくは妹さん）ったら、ひどいんですよ」と、母の横暴を訴えてやろうかと思ったほどだ。さすがにそれはおとなげないので、やめておいたが。

父がまた、なさけない。母と私の仲を取りなそうとして、説得を試みてるらしいのだが、ものすごいへっぴり腰なのだ。

「しをん、お母さんの横暴なんて、いまにはじまったことじゃないじゃないか。ここはひとつ、おまえがちょっと我慢して……。そうじゃないと、一緒に暮らしてる我々（父と弟）のほうにとばっちりが来るんだよ。な？　頼む」

あんたがそんな態度だから、本宅にデモクラティックな夜明けが来ないんだよ！絶対君主制がいつまでも敷かれてるんだよ。民衆よ蜂起《ほうき》せよ、ってなもんだよまったく！

ぷんすかしながら、無言でガチャリと受話器を置く。

家庭内において、男性がいかに無能かつ無用の長物かということが、よくわかる。私だったら、とっくにあんな女とは離婚だ！

だいたいにおいて、父と弟はことなかれ主義というか、気が長いというか、母のあしらいかたをよくわかっている。男性とはつくづく、優しくて忍耐強い部分があるなあと思わされる。私はだめだ。わかっていても、母の理不尽に接するたびに、頭に怒りの血がのぼる。

自分のいやな部分を見る思いがするからだ。

つまり、母と私は性格が非常に似ているのである。それでいて、生きかたや考えかたが全然ちがうので、お互いにものすごく反発しちゃうのだろう。

たとえば私は、母の言語感覚などはけっこう好きだ。先日、惰眠をむさぼっているところに、母から電話があった。私は半分寝ぼけながら電話に出て、

「あー、お母さんかあ。いまちょうど、夢を見てたんだよ。ものすごくボロい電車に、

お母さんと乗ってたの。そんで、峡谷にかかったボロい鉄橋に、猛スピードで差しかかってね。景色はすごく綺麗《きれい》だったけど、ジェットコースターなみにスリルがあったわあ。なんとか渡りきったところで、ちょうど電話が鳴ったの」

と言った。すると母は、

「それはご無事でようござんした」

と、至極真剣に言ったのだ。「ところで、あんたんち、ミカンある？」

いい切り返しを見せやがる。「ミカン」という単語の意味を見失うほど、寝起きにガツンと食らったぜ。

母と私は、波長が合うときはとても合うのだ。しかしその頻度は非常に低い。たまたまデジタルの時計を見たら、「1」が四つ並んでいた、という偶然が起こるのと同じ程度の割合でしか、波長が一致しない。必然的に、会えばほとんどいつも喧嘩することになる。

あー、いやだなあ。これで父が母より先に死んだら、私は母と同居せねばならんのだろうか。母の一族がまた、女が無駄に超長生きな家系なのだ。かといって、確実にボケそうな（いまでもややボケ……げふげふ）父と同居というのもいやだが。

どうしたら、そしていつになったら、家族とうまく折りあいがつけられるのか、未《いま》だによくわからない。夜明けは遠い。

なにより腹立たしいのは、私がこんなにムカムカしてるのに、母はきっといまごろ、確実に、昼ドラとか見てんだろうなあ、ということだ。くそー。どう頑張っても勝てやしない。

なんでもベスト5

理想のヒーロー

え、これは漫画に登場するヒーロー、ということかしら？　その他の創作物を含めていいのなら、仮面ライダークウガとか、アラゴルンとか、ロイ・バティ（『ブレードランナー』でルトガー・ハウアーが演じたレプリカント）とかが入ってくるのだが。

とりあえず漫画作品から選ぶとするか。うーん、改めて考えてみると、難しいなあ……。

【1位】ユーリ・ミロノフ（『アラベスク』山岸凉子・白泉社）

ミロノフ先生の素敵な「シャツがイン」姿。カボチャパンツ（バレエの衣裳《いしょう》なので、いたしかたなし）を穿《は》いてるくせに、眉間《みけん》に深々と刻まれた皺《しわ》。初対面の女性に向かっていきなり、「きみはアル中か？」と聞く率直さ（ていうか暴言）。なにもかもが胸キュンだ。

年を取れば取るほど、わかってくる。ミロノフ先生のような男性は現実にはいない、と。先生、あたしの婚期を遅らせた（ていうか婚期を無にした）責任は、どう取ってくださるのですか！

【2位】入江《いりえ》直樹《なおき》（『イタズラなＫｉｓｓ』多田かおる・集英社）

長らくミロノフ先生系のヒーローが好きだった私に、「そうか、身近にもこんないい男がいるのか！」と気づかせてくれた存在。気づくのがやや遅く、「浮世離れした男が好きな自分」がすでに完成してしまっていたのが、かえすがえすも残念なところだ。もうちょっと出会いが早ければ、現実の恋愛も入江くんラインに沿って軌道修正できたかもしれないのに。くうぅ。

冷静になってみると、入江くんも到底身近にいそうにない、「少女漫画的いい男」なのだが。それでも白泉社系ヒーローに比べれば、まだしも身近だ。学校に通って、家族と暮らしてるもん。

【3位】アルベルト・ハインリヒ（００４）（『サイボーグ００９』石ノ《いしの》森章太郎《もりしようたろう》・秋田書店）

ジョーでもジェットでもなく、ハインリヒ！　好きなんです、こういいう男性。恋人とのつらい過去、機械の体になった苦悩、クールな表情。すべてが「くうぅ」と身もだえせずにはいられないほど魅力的だ。ほかの仲間に比べて、外見が一番機械化されてるってのも、悲哀があってセクシー。

ジョーはいいよ、外見はほとんど人間だもの（み◯を？）。同じくほとんど人間のフランソワーズと、恋愛だってできるよ。だけどハインリヒはどうなるの？　膝《ひざ》からロケットミサイルとか発射されちゃう体で、おちおち恋なんかしていられないよ！　ああ、つらい。だれか、孤独なハインリヒを支えてあげて！

苦しみを分かちあえる仲間のなかに、適任者がいると思うのだ。え、フランソワーズを除いたら、あとは男ばかりだぞ、って？　細かいことは気にしない、気にしない。ハインリヒの相手として、個人的には足の裏に穴があいてるひとがいいんじゃないかと思……いやいや、なんでもない。

【4位】岸辺露伴《きしべろはん》（『ジョジョの奇妙な冒険』荒木飛呂彦・集英社）

露伴先生は名言がいっぱいだ。「だが断る」！　一生に一度ぐらいはズバンと言ってみたい。その一言にこめられた、露伴先生の輝くプライドと勇気を思うたびに、我が眼は涙に濡《ぬ》れるのであった。

ちなみに、『ジョジョ』を読み終えた私はそそくさと弟のところへ行き、「ねえねえ、あんたは第何部が好きなの？『せえの』で言ってみよう。せえの、」

「四部！」

「うわあ、一緒だ。じゃあ、四部の登場人物で、だれが好き？　せえの、」

「露伴先生！」

と、声を合わせてしまい、「きょ、きょうだい……！」と思った。あのときほど、「こいつと血がつながってるんだな」と実感したことはない。

【5位】倣立人《ファンリーレン》（『花咲ける青少年』樹《いつき》なつみ・白泉社）

なんだかんだ言って、やっぱり白泉社系ヒーローに弱い私。この作品を読んだのは、物心がつきすぎるくらいついているころだったというのに……。まだ夢を見ているのか、おのれは！

こうやって「理想のヒーロー」を挙げていくと、本質的には熱くて心優しいんだけど、皮肉屋（ここ重要）な男が好き、ということが如実にわかる。見事に同じような傾向の五人で、ぎゃー、恥ずかしい。でもダメだ。こういうタイプのヒーローを見ると、ひとたまりもなくよろめいてしまうのであった。

と、ここまで書いて、「そういえば竜助《りゅうすけ》（『ヨコハマ物語』大和和紀《やまとわき》・講談社）は！」「光流《みつる》先輩（『ここはグリーン・ウッド』那州《なす》雪絵《ゆきえ》・白泉社）は！」と、次々に思いつく。ヒーローの枠は、五個ではどうにも足りないのだった。

理想のヒロイン

【1位】オスカル・フランソワ・ド・ジャルジェ（『ベルサイユのばら』池田理代子・集英社）

あれ、オスカルさまはむしろ、ヒーローかしら……。

「女は（というか人間は）かくあるべし」と、幼少の私は『ベルばら』

によって教えられた気がする。
【2位】姫川亜弓《ひめかわあゆみ》（『ガラスの仮面』美内すずえ・白泉社）
年を取れば取るほど、亜弓さんの魅力が胸に迫ってくる。なにもかもに恵まれた天才のように見えた亜弓さんが、実は努力のひとであり、本当の天才はマヤだった、という機微を読みとれる年齢になってから、私はようやく、『ガラスの仮面』の真の偉大さに気づいた。子どものころから楽しく読んできた作品に、底知れぬ切なさがひそんでいたのだなあ、と。
天才のマヤよりも、努力せねばなにごともなしえない亜弓さんに、大半の読者は感情移入するだろう。にもかかわらず、主人公であるマヤのことも応援せずにはいられない。横綱が二人いて競いあうとき、相撲界は活気づくという。『ガラスの仮面』はまさに、最強の人気横綱二人が土俵で火花を散らすような（?）、奥深き作品だ。
【3位】フロルベリチェリ・フロル（『11人いる!』萩尾望都《はぎおもと》・小学館）
……フロルはヒロインか?
まあいい。キュートな外見と男気な性格が、たまらなく好みだ。こんな女の子（?）になりたかったなと思う。

自分の作品に「多田」という男を登場させたところ、「『11人いる!』のタダから取ったんですか?」と聞かれた。まったくの偶然だ。タダから名前を拝借するなら、多田をもっと恰好いい男にした。ちなみに『11人いる!』のなかで私が好きな男（?）は、ヌーだ。ヌーがフロルを担《かつ》ぎあげるシーンは、何度読んでも胸がキュンとする。

どういう深層心理が働いているのだか、自分でもいまいちよくわからない。

【4位】アニス・マーフィ（『CIPHER』成田美名子《なりたみなこ》・白泉社）

物語後半になると、影が薄くなってしまうヒロインだが、サイファがロスへ行くまえまでのアニスは、「こんなに魅力があっていいのか」と思うほど、理想の女の子だ。……そうか、私はボーイッシュでちょっと素《す》っ頓狂《とんきょう》で真《ま》っ直《す》ぐな女の子が好きなのだな。

アニスはどうして、シヴァじゃなくサイファを好きなんだろう。そしてシヴァはどうして、アニスじゃなくディーナを好きなんだろう。アニスは男の趣味が悪く、シヴァは女の趣味が悪い。そんなことを、当時は真剣に考えたものだ。

いまになってみると、それぞれの性格づけからして、好きになる相手も当然の選択であったのだと、深く納得できるのだが。

【5位】叶万里子《かのうまりこ》（『ヨコハマ物語』大和和紀・講談社）

大和和紀の漫画の登場人物は、男女ともに「つきあいたい！」度が高い。ヒロインのなかでは断然、万里子お嬢さまが好きだ。

万里子と竜助が、はじめての朝を迎えるシーンがあるのだが、読むたびに想像をかきたてられて身もだえしてしまう。万里子お嬢さまは前夜のあれこれを、「お気に召した」らしいのだ。さすがだな、竜助！　うまくやりおって、竜助！

エッチのうまい竜助と夫婦になった万里子に嫉妬《しっと》してるのか、長年の思いをついに実らせ、ペチャパイだが美しい万里子を妻にした竜助に嫉妬してるのか、自分でも判別しがたい嵐《あらし》が胸に渦巻くのであった。

こうやって「理想のヒロイン」を挙げるのに、優に二週間はかかった。ヒーローなら、どんどん思いつくのに……。男にばかり夢中な女みたいで、なんかいやだ。ようやく出そろったヒロインも、あまり女の子っぽくないひとばかりだし。

ここになにか、考察すべきポイントがひそんでいるような気がする。

むーんむーん。

三章　豪速セントラル

かなわぬ夢を夜に見る

さっきまで甲子園のマウンドに立っていて（どうやら高校野球らしい）、内角低めに球が集まらなくてあせっていた。

内角低めに球を集めるのが、打者に対して有利な投球術なのかどうかわからないのだが、とにかく、「やべえよ、今日ぜんっぜん内角低めに球が集まらねえよ、たすけて先輩！」と思う。夢のなかで完全に高校球児になりきっており、かつ、頼りにしている先輩がチームにいる設定らしい。

先輩は外野の守備に当たっており（ピッチャーにとっての右後方は、レフトですかライトですか。とにかくそこから先輩の、「見守ってるぜ」といううぬくもり念波を感じました。夢のなかで）、私はいますぐタイムを取って、先輩にマウンドまで来てほしいのだ。「俺、だめっすよ先輩！　すみません！」って泣きついて、「なに言ってる。大丈夫、おまえならできるさ」って慰めてもらいたい。でも、タイムを取るタイミングというか合図の仕方がわからず、「あああ、このまま行くしかないのか……」と苦《く》悶《もん》している高校球児。

そうこうするうちに、ベンチをあたためている控えの選手に視点が移る。彼は（ていうか、私なんだが）漫画雑誌を読んでいる。試合中なのに、しかも味方の投手が制球難にあえいでるところなのに、漫画を読んでる場合なのかー、と思うが、我が脳内甲子園ではそれもありだ。

漫画の内容は「アント○オ猪木《いのき》の半生」だ。今度、アント○オは若い女性と結婚することになったので、彼女との出会いと結婚への道のりを含めて、激動の半生を振り返る、というストーリー。どうやら「アント○オ猪木の半生」は、少年漫画雑誌などでたまにある、「有名人の伝記漫画」らしいのだ。

この漫画がすごくて、三浦建太郎《みうらけんたろう》なみの大ゴマ使用と群衆シーンが、古谷実《ふるやみのる》のペンタッチで表現されている。ストーリーは池上遼一《いけがみりょういち》の漫画みたいで、アント○オは流血と裏切りの世界でのしあがり、いまは暗黒世界のドンになっているのだが、花屋の店員だった女性と出会い、読者の頰が赤らむような純愛を繰り広げるのであった……。

あの、念を押しますが、これは夢のなかの（漫画に描いてあった）話ですからね。

プロレスラーでも国会議員でもない、架空のアント○オの半生ですからね。

アント○オは当然、愛するがゆえに彼女を遠ざけようとする。彼女は愛するがゆえに、年齢差も住む世界の違いも越えて、アント○オのそばにいたいと願う。アント○オと敵対する組織は、彼女の存在を嗅《か》ぎつけ、「これは利用できるぜ、うっしっし」とほくそ笑む。さあどうなる、どうするアント○オ……！

ベンチにいる私は、もう試合なんてそっちのけで、この漫画に夢中になっている。あんまりハラハラするものだから、「ハッピーエンドなのかどうかだけ、先にたしかめておこう」と思い、ラストのページを見る。そしたらそのページだけ、なぜか原哲夫のペンタッチなのだ。荒野に夕日が沈むところで（サボテンが生えている）、その夕日にかぶさるように、結婚式で寄り添っているらしいアント○オ猪木（写実的）と彼女（原哲夫が描く女性の顔を思い浮かべてください）の笑顔のアップが！「すげー、この漫画すげー」と、私はいたく感動したのであった。

夢判断をするまでもなく、わかりやすい夢だ。

私はいま、甲子園のマウンドに立つ制球難の高校球児なみに「もうだめだー」と思っており、しかしそう思う端から、「先輩と後輩の篤《あつ》き信頼関係っていいよな、ぐふふ」という邪念が混じり、邪念に思いを馳《は》せた途端に漫画を読みたくなったのでベンチで読み、その漫画は私の好きな漫画家の要素をあれこれつめこんだ作品で、「もういっそのこと頼りがいのある男性と結婚したいよ」という意識を反映した内容だった、と。

私にとって、「頼りがいのある男性」の象徴はアント○オなのか！　覚醒時《かくせい》にアント○オって言われると、『じゃりン子チエ』（はるき悦巳《えつみ》・双葉社）に登場する猫を思い出すのだが、夢のなかでは猫でもバンデラスでもなく猪木なのか！　大丈夫なのか、その認識で！

なぜ「頼りがいのある男性と結婚」などという、愚にもつかぬ思いを抱いたかというと、先日、深夜にタクシーの運転手さんと結婚についてしゃべったからだ。ついでに申し添えると、私はいま「愚にもつかぬ」などと言ったが、それは明らかに嘘《うそ》だ。心の底では「頼りがいのある男性と結婚」することを「愚」とは思っておらず、むしろ「それが一番楽なんだよね、結局のところ」と感じてるのだ。その証拠に、夢まで見ている（「頼りがいがある」と私の無意識が判断したのはアント○オ猪木だったわけで、その点はどうかと思うが）。そして、そんな軟弱なことを考えて揺らいでしまう我が心の底を、私は心の底から憎む！

まあ、それはさておき、深夜に個人タクシーに乗ったのだ。運転手さんは六十四歳で、私が「最近、なにかおもしろいことありましたか」と尋ねたら、「そうねえ、おもしろいことはないけど、いいことはあったね。娘がもうすぐ結婚するんですよ」と言った。もうすぐ娘が結婚するひとが運転するタクシーに乗り合わせたのは、これで三回目だ。

「まあ、おめでとうございます」

「お客さんは、結婚は？」

この時点で、私の演技の方向性が決まった。

「私は全然……（憂《うれ》いを帯びて）。もう最近では、はっきりしない男なんかやめにして、一緒に暮らしてくれるなら犬でもいいかなと思ってるんですよ。でも犬は毛が抜けるから、ぬいぐるみのほうがいいかしら」

「いやいや、そう悲観しちゃいけませんよ。お客さん、おいくつですか？」

「運転手さんの半分ぐらいです」

「……。いやいや、大丈夫。ちょっと検証してみましょう。どういうところで躓《つまず》いてるんです？」

「そうですねえ。生活をともにしてるとね、『どうして、どうして』って、いろんなことの理由を知りたくなるんです」

あたかも同棲《どうせい》相手がいるかのようなふりで語る。「どうして何度言っても便座を下ろしておいてくれないのかとか、どうして脈絡なく小意地の悪いことをしてこっちの反応を試さなきゃならないのかとか、そういう表面的なところからはじまって、いろいろ」

「それはいけませんよ」

と運転手さんは首を振る。「私は女房と三十年以上、つれそってますけどね。お互いにちょっと謎《なぞ》があるぐらいのほうがいいんです。そのほうが相手の興味を引けるでしょ」

「興味があるからこそ、謎を謎のままにしておけないのです」

「そこをグッとこらえる。女房と一緒になってみてわかったんだけど、あれですね。女のひとのほうが理屈っぽいね。言葉での説明を求めるんですよ。でも男は夢見がちだから、理詰めで来られるとダメなの」

「なるほど」

「あとは勢いですよ。結局、選ぶのは女性のほうなんだから。『つきあって』って女のほうから迫られて、うまく断れる男を私は知りませんね。そのときに彼女がいなかったら、まず十中八九、男はＯＫするもんでしょ。お客さんはその段階はもうクリアしてるんですから、なし崩しに結婚まで持ちこめばいいだけです。簡単、簡単」

「それはちょっと男性に申し訳ないというか、結婚してから後悔されても悲しいじゃないですか」

「だめだめ、お客さんやっぱり考えすぎですよ！　結婚なんて、したら後悔するに決まってるもんなんだから。いいんです、強引なぐらいで！」

「そうか、そうですね。じゃ、今夜にでも切りだしてみようかな」

「その意気ですよ。はい、着いた。頑張ってくださいね！」

「ありがとうございます！　なんか、うまく結婚を迫れそうな気がしてきた」

「そうでしょ。狙《ねら》いをつけたひとには強引に。これが重要ですよ。健闘を祈ります！」

「はい！」

ってなわけで、意気揚々とタクシーを降りたのだが。

アパートの階段を上りながら、冷たい風に吹かれてふと我に返る。演技に熱中して、「結婚したいけど、いまいち踏みきれない女」になりきるあまり、根本の部分をすっかり失念していた。

「狙いをつけたひと」すらいない場合は、どうしたらいいのですか。

待って、運転手さん……！　私ちょっと見栄《みえ》を張って、上がり寸前の上級者を気取ってしまいましたが、初級者向けのアドバイスもください……！

新作落語「カツラ山」

ある日、私は友人ナッキーの新ラブマンにお邪魔した。ラブマンとは、ラブラブマンションの略である。いつものメンバーが集結し、ナッキーの旦那《だんな》さんをも巻きこんで、新築マンションの日当たりのいいリビングで宴が繰り広げられる。

そして夜も更《ふ》け、終電を逃した友人H、ぜんちゃん、私が、リビングを占拠してゴロ寝させてもらうことになった。ナッキーが毛布を配ったり室温調整をしたりと、甲《か》斐甲《い が い》斐しく世話をしてくれる。もう十二時間はしゃべりつづけ、そろそろ寝るっぺかな、という雰囲気だ。ところがそこで、Hが大きな話題を提供してきた。たしか、姉○マンションからの流れであったと思う。新築のマンションにお邪魔しておきながら、なんで姉○マンションの話なんかするんだ私たちは。いや、それはまあいい。

Hはこう言ったのだ。

「あのさ、葬式ぐらいでしか会わない知人がいるんだけど、おじさんで、明らかにカツラなんだよね。しかも茶髪の。それで私、一緒に葬儀に参列したひとに思わず、『○○さんって、カツラですよね』って言っちゃったんだ。あまりにもわかりやすくて、どうしたらいいかわかんなかったから。そうしたら、『そうですよ。だって○○さん、ふだんはカツラつけてないから』って」

「はあ⁉」

「はあ⁉　でしょ？　どうも○○さんは、冠婚葬祭とかのあらたまった席においてのみ、カツラを着用するらしいんだよ。私なおさら、『わかんねー！』って気分になってさ」

「葬儀という厳粛な場にハゲ頭では悪い、と○○さんは思ってるんじゃない？」

と私は言った。

「でも茶髪なんでしょ？」

とぜんちゃんが疑問を呈す。

「じゃあ、オシャレの一環なんじゃないかな」

とナッキーが新たな視点を見いだす。

「それにしては、一見してカツラとわかる安物のカツラだというのがわからん。だいたいカツラというのは、ハゲは恥だと本人が認識してるから着用するものでしょ？

なのに、わかりやすい安物、さらには冠婚葬祭にしか着用しない、というのは、カツラのアイデンティティーの崩壊であるとともに、周囲の人間にも多大なストレスを生じせしめるよ」

　とHは苦悩の表情だ。「もし、カツラをつけていないときの○○さんと顔を合わせたら、どうしたらいいの？『あれ、○○さんだったんですか。なんだか印象がちがうから、わかりませんでした』って言うべきなの？　それとも、『○○さん、先日発注した物品の件なんですが』って、なにも変化などないという顔で会話をはじめるべきなの？」

「たしかに、○○さんが己れのカツラをどう認識してるのか、ちょっと理解に苦しむよね。それによって、こちらの態度も決まってくるのに。帽子と同じで、『今日はおめかししてるな、○○さん』と受け止めればいいのか、日によって着脱してるにもかかわらず、それは○○さんにとってはやはりあくまでカツラであって、触れてはならぬものなのか……」

「帽子だったら、葬儀の席では脱ぐでしょ」

　と、ぜんちゃんが混ぜっかえす。

「入れ歯？―

とナッキーがつぶやく。「入れ歯と同じなんじゃない？　おばあちゃんとか、家でご飯を食べるときは歯茎で嚙《か》むけど、外出するときは『口まわりの皺《しわ》が気になる』って総入れ歯を着用したりするじゃない」

「女性のオシャレ用ウィッグとかね」

「いや、インパクトが違うんだって！」

とHが吼《ほ》える。「口を閉じれば歯は見えない。つけ毛とか髪型の変化という問題じゃない。ゼロなんだよ！　ゼロの部分が『有』になるんだよ！　ゼロにはなにを掛けてもゼロのままなのにもかかわらず、なぜかゼロじゃなくなるんだよ！　それがカツラの居心地の悪さの原因なのに、さらにそれを冠婚葬祭のときだけ使用する！　嗚呼《ああ》、この不条理をどう自分に納得させればいいのか……！」

「落語だな」

「うむ。落語的不条理だな」

そこで私たちは、この不条理に打ち勝つために、新作落語を作ってみることにした。

「よう、熊《くま》さん。このたびはまた、急なことだったねえ」

「はっつぁんかい。まったくだよ。今年の冬は一段としばれるとは思ってたが、まさか大家さんのおっかさんがポックリいっちまうとはね。大家さんも、ずいぶんガックリしてるらしいよ」

「親が先に死ぬのは世のならいたぁ言え、心構えもないうちのあっというま。無理もねえことよ。どれ、ちょいと弔問《ちょうもん》に行ってこよう」

「ああ、行こう」

「はっつぁんと熊さんは、長屋からつれだって、大家さんの家に行きました。寒空の下に忌中の提灯《ちょうちん》がさびしく揺れ、ふだんはにぎやかな大家さんの家からも、今日は坊《ぼう》主《ず》の読経《どきょう》が聞こえるばかり。はっつぁんと熊さんは庭先にまわり、あふれた弔問客に混じって、開け放たれた座敷を覗《のぞ》きます」

「や、ややっ」

「なんだい、熊さん。大声出すない、不謹慎な」

「だってよう、はっつぁん。あすこで喪主面《づら》して座ってる、あれはだれだい？」

「おきゃあがれ、大家さんじゃねえか」

「大家さん？　そんなわけねえ。大家さんは自分で経を上げてもおかしくない、まばゆい頭の持ち主。ところが、いまあすこにいるのは、夏山もかくやとばかりにふさふさ繁《しげ》らせたおひとじゃねえか」

「熊、やい、熊公。ちょっとこっち来な」

「はっつぁんは熊さんを庭の隅へぐいぐい引っ張っていきました」

「いいかい、おめえはまだこの長屋へ来て間もないから、しかたがない。あれは正真正銘、大家さんだ。大家さんは、ああいうひとなんだ」

「ああいうひと、ってのは？」

「あらたまった席では、大家さんはカツラをつけるんだよ。厳粛な場で頭皮を見せるなんざ、裸でいるようなものっていう、大家さんの恥じらいの心の表れだね」

「どええ」

「なんだい、『どええ』って」

「いや、俺ぁ驚いたよ、はっつぁん。そんな慎み深ぇおひとがいるなんてなあ。でも、俺たちはどういう顔したらいいんだい？　俺ぁどうも自信がないよ。だって、なかったもんがあるんだぜ？　このままじゃ、弔意を示そうにも視線はふわふわと上向き。ついつい、『本日はお日柄もよく、繁る草に春の訪れを間近に感じ』なんて挨拶《あいさつ》しちまいそうだ」

「そこはおめえ、俺たちもいい大人なんだから。伏し目がちにぐっと奥歯を噛みしめて、大家さんの心意気を受け止めなきゃならねえよ。そうだ、一昨年、大家さんと長屋の連中とで、箱根に湯治《とうじ》にいったときのことは話したっけか？」

「いんや、聞いてねえ。なんだい」

「そんときも大家さんは、頭を繁らせてきたんだが」

「どええ」

「なんだい、『どええ』って」

「いや、湯治にいくときも頭は夏なのかい？」

「あたりめえだろ、旅なんだから。『あらたまった席』だ」

「ううむ、つづけてくれ」

「箱根の山の緑は目に染《し》みる美しさよ。お江戸とは空気の味もちがう気がしたね。俺たちは旅籠《はたご》でうめえもんを飲み食いして、さて温泉に浸《つ》かるかってことになった。当然、気になるのは、大家さんが頭を、まあ正しく言うと頭に載せたものを、洗うかどうかってことだ」

「やっぱり気になるのかい」

「そりゃそうさ。みんな洗い場でちらちらと大家さんをうかがったもんよ。大家さんは、頭に載せたものを、がしがしと洗ったよ。まるで頭に生えてるもんだと言わんばかりさ。男らしい態度に、俺たちは惚《ほ》れ惚《ぼ》れしたもんよ。ところが、大家さんが手桶《ておけ》で男らしく頭から湯をかぶったとたん……どうなったと思う？」

「どうなったんだい」

「頭に載せたもんが洗い流されて、腹にへばりついちまったんだよ！　ちょうどヘソの下あたりに」

「そりゃ一大事だ」

「あんときばかりは、悪いとは思ったが俺たちも思わず、まばゆい頭と男らしく繁ったヘソ下とを見比べちまったね。ところが大家さんは……。腹に張りついた繁みをちらっと見て、そのまま湯船に歩いてったよ。『ふーっ』って、悠々と湯に肩まで浸かってさ。浮いてきた繁みを、なにごともなかったみてぇに頭にかぶり直しなさった」

「お、男らしいねえ」

「ああ、大家さんは男のなかの男さ。そういうわけだから、熊さん」

「わかったよ、はっつぁん。俺も男だ。しっかりきっぱり、お悔やみを申し述べられそうな気がしてきたよ」

「よし、行こう」

「うん。だがそのまえに、俺ぁもうひとつ、どうしても気になることがあるんだ」

「なんだい」

「もし、大家さんが亡《な》くなったとするよ。そうするとその、夏草の繁みを、どうすりゃいいんだい。やっぱり棺のなかってのは、『あらたまった席』だろうかね。頭に載せてさしあげるべきかな。でも大家さんのお人柄からすると、自分の棺のなかを『あらたまった席』とするのはおこがましい、と言いそうな気もするだろ」

「なあに、そんなの簡単だ。棺に入った大家さんの手に、夏草を持たせてあげりゃあいいのさ。それを頭に載せるかどうかは、大家さんが決めること。どっちにしろ、ハゲの上塗りってもんだ」

「……」

「……」

「……」

「……」

「できたね、新作落語」

「うん、できたな、新作落語」

「○○さんの逸話は、人間心理の不可解と不条理を、接したものに否応《いやおう》なしに突きつけてくるわね」

「私はずっと、『この世には不思議なことなどなにもない』という京○堂の言葉を思い起こしていたよ。いや、やっぱりあるよ京○堂！　と」

「京〇堂だったら、〇〇さんについてるものを、どう祓《はら》い落としてくれるのかな」

「ついてるっていうか、載ってるものを」

「載ってるっていうか、載せてるものを」

「本当に払い落とせたらすっきりするんだけどね」

「できやしないけどね」

こうして私たちは朝を迎えたのだった。

怠惰な生活

「最近よく耳にする、『ロハス』って知ってますか?」

と聞かれ、

「知ってますよ。蛇口に取りつける水質浄化器具のことですよね」

と、自信満々に答えてしまいました、こんにちは。

話題を振ってきた知人はちょっと沈黙してから、

「いや、それ全然ちがいます」

と、ロハスという概念(?)について教えてくれた。なんかこう、「品質のいい、素性のしっかりしたものを使ったり食べたりして、環境と体にいい暮らしをしようよ」という生活および生きかたのことを、ロハスっていうらしい。付け焼き刃の知識なので、まちがった解釈だったらすみません。

「それは実践しようと思ったら、ある程度の財力が必要になってきますね」

「そうなんですよ。ロハス発祥の地は、健康オタクで消費社会なアメリカで、セレブが賛同して広まった、って感じみたいです」

説明してくれた知人も私も、ひとの悪い笑みを浮かべて会話を進める。「体にいい」とか「環境にやさしい」とか聞くと、条件反射でそういう表情になっちゃうのだ。しかしまあ、やらないよりは、しようと心がけたほうがいいことであるのは、たしかだろう（腹黒い綺麗事《きれいごと》）。

「だけどなんでまた、水質浄化装置だと思ってたんですか？」

「なんでだか、そう信じて疑わずに今日まで過ごしてました。雑誌などで、『私もロハスです』みたいな記事をよく目にしてはいましたが、『ふうん。ずいぶんはやっている器具なんだな』と流し見てましたよ」

「三浦さんにとって、どれだけ興味のない分野かということが、よくわかる逸話ですね」

「面目ない。しかし、いまようやく概念を知って思ったのですが、私もロハスですよ？　わざわざ声高に宣言するような暮らしかたでしょうか」

「……どういうところが、ロハスなんですか」

「皿を洗うときに、台所用洗剤は使いません。石鹸《せっけん》です。あ、シンクを掃除するときは、洗剤を使っちゃいますけど」

　徹底しきれていないが、ややロハスだ。

「それから、洗顔も牛乳石鹼です」

「お化粧、ちゃんと落ちますか?」

「二度洗いすれば、大丈夫です。それに、滅多に化粧をしませんからねえ。ついでに言えば、滅多に顔も洗いませんからねえ。そうだ、お化粧したまま寝ちゃって、朝起きると肌の状態がすごくいいとき、ありませんか?」

「ありますか?」

「あるんですよ。化粧がパックの役割を果たすのか、ちょうどよく保湿されてツルッツルのときが。裏目に出て、悲惨な状態になってるときもありますが。これが私の、ロハス的美肌法です」

「イチかバチか、じゃないですか」

「リスクを恐れていては、環境にやさしい生活など不可能です。もちろん、シャンプーなんて環境によくないもの、極力使いませんよ」

「……極力、髪を洗わないということですね」

「ええ。冬だったし、ひとにもあまり会わないし……。おかげさまで、気がついたら髪がツヤツヤですよ！　シャンプーしないことによって、程良い脂分《あぶら》とキューティクルが保持されたんでしょうねえ。一年ぐらい美容院に行ってなくて、染めたりパーマかけたりしてないもんだから、特に頭頂部の健康な髪の輝きがすごい。カッパハゲとまちがわれないか、不安なぐらいです」

「それは単に、怠惰な暮らしということではないかと」

「ロハスとはちがうんですか、これは」

「たぶん、全然違いますね」

難しいんだな。でも、言ったもの勝ちだろ、こういうことは。私はロハスです！　ロハスだと認定されなくても、まったくかまわないが。

まあ、まっとうに暮らしていれば、それで充分だろ、と怠惰な私は思うのである。環境云々《うんぬん》以前に、足もとを見ろ。私が最近憤《いきどお》っているのは、ゴミの出しかただ。

私が住んでいる地域は、このごろゴミの分別がうるさくなって、非常に面倒くさい。生ゴミと紙ゴミを分けたりしなければならない。面倒くさいので、生ゴミのなかにこっそり、小さな紙は混ぜてしまってるが、それは内緒だ。

しかし、そんなもんじゃないルール違反の輩《やから》がいるのだ。私が使うゴミ置き場は、アパートの大家さんの好意によって、いつもきちんと管理されている。早朝に、大家さんがゴミ置き場の周辺を掃除してくれている姿を、私は何度か目撃した。

　それなのに、規定のゴミ袋じゃない袋を使ったり、袋の口をちゃんと縛らず、生ゴミを地面に噴出させたままにしていたり、生ゴミの袋からビニール傘を飛びださせたりしている住人がいる！　盗人たけだけしい、とはこのことだ。ビニール傘はどう考えても、明らかに生ゴミじゃないだろ！　どうせルール違反をするなら、なぜもうちょっと偽装工作をしないのだ。いや、小細工をしない正直者、と受け止めるべきなのか？

　暗闇《くらやみ》のなかで憤然と、他家のゴミ袋からあふれたゴミを、自分のゴミ袋に突っ込むのだった。こんな姿をだれかに見られたら、他人のゴミが気になってしかたない変質者かストーカーだと思われてしまうよ。

　いまお気に入りの言いまわしが、この「〜しまうよ」だ。先日、喫茶店の隣のテーブルに、見るからにヤ○ザというおっさんが座っていて、携帯電話越しに若い舎弟らしき相手を、こんこんと諭していた。ヤ○ザのおっさんは、

「おまえがそんな調子だと、俺は足もとをすくわれてしまうよ」

　と、丁重さのなかに哀訴と脅しをこめた絶妙な口調で言い、隣で聞いていた私はズキューンと胸を撃ち抜かれた。「足もとをすくわれてしまうよ」！　生きてるあいだ

に、一回は使いたいフレーズだ。

とにかくゴミぐらいは、多少の偽装工作をしつつも分別し、袋の口をちゃんと閉じて、出してもらいたいものだよ、みんなたち。この「みんなたち」も、このあいだ酔っぱらった友人が迸《ほとばし》らせた呼びかけで、アルコールで煙った私の脳みそに深く浸透した。ちなみに、夜明け前にゴミを出すのは、重大なルール違反ですよ自分。

そんなある日、外出着でばっちりキメて、お化粧もしてアパートから出たら、出てすぐの道で、おばあさんが頭から大量に血を流してうずくまっていた。坂道にダラダラと血の川ができちゃうぐらいの出血量だ。ななな、なにごと⁉

どうやらおばあさんは道で転び、頭を打ったらしい。通行人の中年男女（べつに夫婦じゃなく、偶然おばあさんの転倒の瞬間に行きあっただけのようだ）が、おばあさんの頭にハンカチを押し当て、介抱してあげていた。おばあさんの意識ははっきりしてるようだし、頭の傷はすごく出血するものだというし、いますぐどうにかなっちゃうほどの大事ではなさそうだ。

「救急車は呼びましたか？」

と声をかけると、中年男性のほうが、

「いま呼びました」

と携帯電話を掲げてみせた。便利な世の中になったもんだ。

おばあさんは力なく、「すみませんねえ、ご迷惑かけて。病院に行くほどじゃありませんから」と言ってるが、それ明らかに、病院に行くほどの出血量だよ！　頭の怪《け》我《が》だし！　老人はたまに、遠慮からか、生ゴミの袋にビニール傘を入れるのと同じぐらい大きな判断間違いをしてみせるなあ……。

中年女性のほうが、おばあさんから連絡先を聞きだし、おばあさんの家族に電話をかける。

「もしもし、私いま、○○町であなたのお母さまと一緒にいる、通りがかりのものですけど。お母さま、道で転んだらしくて、怪我をしてるんですよ。それでこれから、救急車で病院に行こうと思うんですが」

オレオレ詐《さ》欺《ぎ》っぽい……。私も、中年男性も、電話をしている当の本人の中年女性も、同時にそう考えたのがわかった。通話口の向こうで、おばあさんの息子もそう思ったのだろう。中年女性は慌《あわ》てて、

「いえ、ホントなんです。切らないで」

と言い、「しゃべれますか。息子さんに、病院に着いたら、またこの番号から連絡するって説明してください」と、おばあさんに携帯電話を渡した。

そうこうするうちにも、通行人が続々と、「なんだなんだ、どうした」「大丈夫か」「救急車を呼ばなきゃ！」と集まってきて、おばあさんを助けようとする。放っておくと救急車が二十台ぐらい来ちゃいそうな勢いだったので、中年男性が「もう呼びました」と対応に追われる。

中年女性とおばあさんは、なんとか事態を息子に呑《の》みこませることができ、居合わせたものは顔を見合わせ、やれやれと首を振ったのだった。

いろいろと面倒な世の中になったもんだ。

しかしまあ、道で倒れていたら助けてもらえることはわかった。人手もあるようだし、おばあさんの出血も止まってきたみたいだし、もういいだろう。私はなんだか晴れ晴れとした気持ちになって、駅に向かった。

自分だって助けてもらいたいから、だれかを助ける。自分が不快な気分になりたくないから、ゴミ袋の口は閉じる。その程度の実践でいいよ私は、と思う次第だ。

おそるべき計測器

またパソコンの具合が悪い！　もう、どうしてきみたちはそう虚弱なの。いまは修理に出してる場合じゃないので、頼むからもうちょっと持ちこたえてちょうだい！

毎日毎日祈るような気分で、五回ぐらい再起動させてやっとパソコンを立ちあげている。でもすぐフリーズする。キーボードを叩《たた》く時間が六、電源ボタンを押してる時間が四、って感じだ。もういや！　ワープロソフトとメールとインターネットがあれば充分なのに、それ以外の機能がいろいろ内蔵されてるもんだから、使われることのない高級機能が叛乱《はんらん》を起こすんだ。きっとそうだ。

「王は、我ら近衛《このえ》兵《へい》をなんと心得ておられるのか」

「下賤《げせん》の輩《やから》ばかりを登用なさり、我らは飼い殺し」

「これではせっかくの装備が錆《さ》びついてしまうぞ」

「ていうか、むしろ錆びつかせてやれ！」

「そうだそうだ、我らを使いこなせぬ王など無用！」

「叛乱の狼煙《のろし》を上げろ！」

ぷしゅー。こんな感じだ、私のマックちゃんのなかは。

くそぅ、近衛兵ども、よっく聞け！　私は最初から使いこなす自信がなかったから、きみたちのことはいらない、とマックショップの店員さんにちゃんと言ったんだ。

「あのー、映像や音楽の編集なんてしませんし、チャットもする予定ないし、ファイル共有って言われてもハテナ？　だし、とにかくこのパソコンに搭載されてる機能の九割は使わないんですけど。もっと簡単なパソコンありませんか？」って。なのに、どのパソコンにも否応《いやおう》なしに多彩な機能がついてて、起動のたびに暗証番号を打ちこめって言ってくる！　忘れちゃうよ、暗証番号なんて！　私のパソコンの電源を私が入れるのに、なんでいちいちおうかがいを立てなきゃならないんだっつうの！　電源ボタンに触れた指紋で識別するようにしといてくれよ。そういう面倒に堪え忍んで、文字どおり寝食をともにしてきたというのに、いまになって叛乱なんて！　叛乱を起こすなら、きみたちに払った給料（パソコン代金）を返してからにしろ！　まだ三年保障の期間内だぞ！

投降を呼びかけるものの、近衛兵たちはモニタに砂嵐《すなあらし》と微細動を巻き起こすばかり。

お手あげだ。わかった、時間をくれ。時間さえできたら、きみたちを保養所（マックショップ）へつれていくから。そこで思う存分、マックジーニアスにきみたちをいじってもらうから。

マックショップにいるマックの達人たちは、「マックジーニアス」と呼称されてるのだ。なんだジーニアスって、ぷぷぷ。と、いつも思うのだが、たしかに天才というかもはや魔神の域でマックに通じている。パソコンはいらないから、マックジーニアスを一人うちにつれて帰りたい、と思うほど頼もしい。

行くとストレスを感じる場所、というのがある。私にとっては、電器屋がそれだ。マックショップとか、ヨ◯バシカメラとか、ビッ◯カメラとか。最新のパソコンやら携帯電話やらデジカメやらが、ずらりと並んでる場所。そういうところに行くと、もういけない。心拍数が上がり、胸が苦しくなってくる。新しい機械が好きだから、ではもちろんなく、「ああ、わけのわからない機能が搭載された新商品が、またこんなに！」と、あせりと不安を覚えるのだ。どう頑張っても使いこなせそうにない、理解の及ばぬ未知の物体を見ると、激しいストレスを感じる。ズラリと並んだそれらを、お客さんたちが熱心に試したり選んだりしているのを見ると、恐怖に近いストレスになる。「ああ、みんなはちゃんと新製品についていってる！　機械を使いこなして楽しい生活を送ってる！　なのに私は、明らかに取り残されてるよ、どうしよう！」と。

先日、知人のOさんとともに町を歩いていた。ヨ◯バシカメラがあった。Oさんは、「デジカメが壊れたんで、買わなきゃいけないんです」と言った。私たちはヨ◯バシカメラに寄ることにした。

Oさんは店員さんに助言を求めつつ、デジカメを選ぶ。私は所在なく、売場を見てまわった。ううう、たくさん商品があるなあ。まずい、また心拍数が上がりはじめた。ふー、ふー。

Oさんは手早くデジカメを購入した。直後に使わなければならない用があったから、128メガのSDカード（用語、合ってますか？）もあわせて買った。

「無事に買えてよかったですね」

と私は言った。

「でも、充電しなきゃなんないんですよ。すぐ使うってのに！」

「そうか、困りましたね。どうします？」

「どこかでコンセントを借ります。ああー、昔のカメラは電池を入れれば使えたのに、不便になりましたねえ」

と、Oさんは嘆く。私たちはタクシーに乗り、目的の店に向かった。車内で箱を開けたり、ＳＤカードをパッケージから出したりして、デジカメを使う準備をする。作業を手伝いながら、私は言った。

「ねえ、Ｏさん。私、ヨ◯バシみたいな電器屋さんが苦手なんです。ものすっごいストレスになるんです。『こんなに電化製品があるー！』って、パニック状態です」

「わかります」

Ｏさんは ＳＤカードをデジカメに入れようと奮闘しつつうなずいた。「私もです。機械は苦手です」

それは見ていたらなんとなくわかる。

「あの、カードの向きが逆です」

と、私はおずおずと指摘した。Ｏさんは「え」と言って、カードの上下を逆にし、再度デジカメに入れようとした。「いえ、上下ではなく、裏表が」と私は言った。カードを入れ終えたＯさんは、満足そうだった。

「はー。これでもう大丈夫です。あとはお店で充電させてもらえれば、百二十八枚写真が撮れます！」

「……。Ｏさん、それはもしかして、カードに１２８と書いてあったからですか？」

「はい」

「言いにくいことですが、残念ながら128と書いてあるカードで、写真を百二十八枚撮ることはできません」

「ええっ」

とOさんは叫んだ。「じゃあ、何枚撮れるんですか、このカードで！」

「わかりません」

と私はうなだれた。「Oさん。私もね、はじめてデジカメを買ったとき、Oさんとまったく同じことを店員さんに聞いたんですよ。『128と書いてあるカードを買えばいいと思いますよ』と店員さんが勧めてくれたので、『いえ、一本のフィルム（この時点でまちがってる）で百二十八枚も撮ったら、整理が大変だし』と私は言ったんです。すると店員さんは泣きたいんだか笑いたいんだかビミョーな顔つきになって、『お客さま、百二十八枚撮れる、という意味ではないんですよ』と。私は驚いて、『じゃあ何枚撮れるんですか？』って聞きました。そしたら、『それは、そのときによります』って」

「どういう意味なんでしょうか、『そのときによる』というのは」

「まったくわかりません。機械のくせにずいぶん曖昧《あいまい》ですよね」

「ああー、昔のカメラはよかったですよ。フィルムに24って書いてあったら、二十四枚撮れる。明快です。それでだいたい、表示よりも一、二枚多く撮れたりして」

「そうそう。あれはラッキーって感じがして、嬉《うれ》しかったですね」

「それなのに、なんなんでしょうかデジカメは。いったい128で何枚撮れるのか、はっきりしてほしいです」

「私もいろいろ考えたのですが」

と私は言った。「『そのときによる』というのは、撮るものによる、という意味ではないでしょうか。つまり、容量というか（よくわかんないので、モゴモゴする）。たとえば色味の多い派手なもんを撮ると、そのぶん、一枚のカードで撮れる写真の数が減るんではないかと推測しています」

「ということは、ですよ」

Oさんはぶるぶると震えた。「デジカメで人間の華やかさが計れる、ということではないですか！　三浦さんを撮ると容量を『3』消費する。ところが、売れっ子のアイドルを撮ると容量が『30』減るんですよ！　これってすごく怖くないですか？」

「怖いというか、人権侵害ですよ。なんだ、『3』って！　あたしは容量『3』ぽっきりの人間か！　と、大問題になると思います」

「問題になってないってことは、この説はちがうんでしょうか」

「ちょっと試してみましょうか。華やかな夜景と私とで、どっちが容量を食うのか」

「夜景と人間では、そもそもの基準が明確じゃありませんよ。やはり、三浦さんとアイドルっていうのがわかりやすいんじゃないかと……」

「いやですよ、そんなの！　撮るまえから結果が一目瞭然《りょうぜん》なのに、わざわざ撮る必要ないでしょ、それ！」

　SDカードの謎《なぞ》は解明されないまま、私たちを乗せた車は夜の町を走ったのだった。

タクシーの運転手さんが、すごくなにか言いたそうだった。

理不尽な思考回路

先週はまたもや休載してしまって、すみません。私は遊びたい！　謝った直後に、堂々の本能発言。反省の色なしだ。

この二週間というもの、仕事ばかりしていた。なのに全然進んでいない。謝罪しつつ遁走《とんそう》の機会をうかがうような、卑怯《ひきょう》な心構えがいけなかったのか。「たすけてくださーい、だれかー」と、うなされながら眠る。

ストレスが高じると、寝てるときに咽《む》せませんか？　魂消《たまぎ》えそうな老人みたいに、「うえっほ、べふっ」と咽せて目覚める。あー、苦しい。またトロトロと眠る。

咽せと睡眠の狭間で苦闘する枕元《まくらもと》で、突如ＰＨＳが鳴る。こんな時間（昼だが）に、だれじゃい！　表示を見ると、母だった。いやな予感がするが、無視するとあとでうるさい。しぶしぶ通話ボタンを押す。

「あ、しをん？　お母さんよ～」

わかっておる。「うが……」と返事すると、「あら、寝てた？」と母は言う。寝てた？　と言いつつ、勝手に話を進める。

「昨日ねえ、○○さんのとこに生まれた赤ちゃんを見てきたの。すごくかわいくて……」

「切っていいか」

「なんでよ」

かわいい赤ちゃんの話を聞いていられるだけの、心の余裕がないからだ。ゴミ溜《た》めみたいな部屋に住んで、桜がいつ咲いたのかもわかんなくて、「赤ちゃんの製造法？　知らないなあ」って状態の娘を、少しは慮《おもんぱか》ってほしい。慮らなくてもいいから、放置しておいてほしい。

というようなことを、自分ではムニャムニャと説明してるつもりだったのだが、実際には眠ってしまっていたらしい。「うえっほ、べふっ」と再び咽せて目が覚めたときには、左手に握ったＰＨＳの通話が切れていた。ああ、これはまずい。私から切ったのか？　それとも、思う存分一人でしゃべった母が、満足の末に切ったのか？　前者だったら、本宅に行ったときにまた、「あんたはちっともひとの話を聞かない」と説教される。ここはひとつ、フォローの電話を入れるべきか。しかし、もし後者だった場合、迂闊《うかつ》にコールバックなどしたら、藪《やぶ》をつついて蛇を出すことになる。「あんたはちっともひとの話を聞いてない」と。

なーんだ、結局、説教されることにかわりはないのか。もういいや、放っておこう。母親とは、理不尽の塊なのだ。理不尽の塊には、なるべく近づかないのが一番だ。

私が最近、母の理不尽にいまさらながら衝撃を受けたのは、新幹線で大阪に向かおうとしていた日のことだ。必要な資料があったから、まずは本宅に寄って本棚を漁《あさ》り、「さてそろそろ、在来線の駅に向かおうかな」と思っていた。本宅の居間では、母がテレビを眺めていた。

「どこに行くの？」

と母は尋ねた。

「大阪だよ」

「傘を持った？　今日は絶対に降るわよ！」

「そうかなあ」

空は晴れ渡っている。「予報でそう言ってた？」

「予報なんて見なくてもわかる。あんたが遠出する、すなわち、雨が降る！」

なんの呪《のろ》いだ。絶句していると、テレビ画面にニュース速報が流れた。私が乗ろうとしていた在来線が、どうやら広範囲にわたって不通になったようなのだ。

「ななな、なんですって⁉　新幹線の時間にまにあわないわ」

私はうろたえ、脳内で別ルートを必死に検索した。鬼の首を獲《と》ったようとは、このときの母のことだ。

「ほんっとうに間の悪い子ねえ、あんたは！　在来線利用者に迷惑をかけて！」

「ええー！　私のせいなの？　電車が止まったのは、私のせい？」

「そうだと思うね、お母さんは。あんたがめずらしく行動的になったりするから、雨は降るし電車も止まるの！」

やめてよ、やめてよ。なんか本当に、私がいけないような気になっちゃうじゃない。在来線は結局動かず、私はやむなくタクシーで新幹線の駅まで向かった。さらに恐ろしいことに、その日は午後から天候が崩れ、大阪はどしゃぶりだった。

うーむ。やっぱり母の理不尽力が、私を悪い星まわりの下に追いやっているとしか思えん。

南無三《なむさん》、南無三とつぶやきながら起きだし、近所の蕎麦屋《そばや》へ行く。咽せてるときから、蕎麦を食べたくてしかたなかったのだ。ふぃー、真っ昼間っから蕎麦をたぐるのって、幸せな行為だよなあ。お銚子《ちょうし》も一本つけちゃったりして、ちびちびと昼食（兼朝食兼夕食）を摂《と》る。え、蕎麦と日本酒だけじゃ、一日の摂取カロリーとして少ないんじゃないかって？　夜中の三時ごろに、パンとかチャーハンとかを食べるので心配ご無用。むしろ摂取カロリー過多なのではないかと心配だ。

微妙にご飯時からはずれていたので、店内にはあまり客がいない。蕎麦屋の主人も、厨房《ちゅうぼう》から出てテレビを見はじめる。ちょうど民○党の代表選の演説をやっているところだった。まずは缶くん（一文字の名前は伏せようがないので、当て字にする）からだ。

「なーんかこのひと、いつも覇気がないんだよなあ」

と、常連客らしきおじさん。

「なにを言いたいのか、聞いてるうちにわかんなくなってきますよ。俺の頭が悪いのかな」

と、蕎麦屋の主人。

「いや、一文が長いんじゃねえか」

と、おじさん。

「このひと以前、浮気してたわよねえ」

と、蕎麦屋の奥さん。「あのタイミングでばれなきゃ、総理大臣になれてたかもしれないのに」

そんな昔のことを……。もう忘れてあげてください（私も忘れてないけど）。間の悪い缶くんに、他人事《ひとごと》じゃない哀れさを感じ、蕎麦が喉《のど》もとにつっかえそうだ。

次に、小○くんが演壇に立った。慣れぬ微笑《ほほえ》みを顔面に貼《は》りつかせ、熱弁をふるう小○くん。

「こっちのほうが、まだ話がわかりやすいな」

と、おじさん。

「でもなんだか、いままでと別人みたいですね」

と、蕎麦屋の主人。

「演技よ、演技！」

と、蕎麦屋の奥さん。「人当たりのいいふうを装《よそお》ってると思う！」

んだ、んだ、と居合わせた客がうなずきあう。平日の昼下がりに茫洋《ぼうよう》と蕎麦をたぐってる面々が、政治家にそろってツッコミを入れる。なんだかおもしろいな、この蕎麦屋。奥さんの言を受け、私も画面のなかの小○くんに注目してみた。

なるほどたしかに。マイルドな雰囲気を醸《かも》しだそうという、必死の努力が感じられる。これまでは、バリバリの鷹《たか》派って印象だったのに、いったい小○くんの身になにが起きたのか……。

　と思いめぐらせた瞬間、めくるめく政界ラブロマンスが脳内にできあがる。あのね、小○くんにはいま、有能な若手秘書（攻）がいて……以下自主規制！「（攻）」ってなんだ、「（攻）」って！　蕎麦屋のテレビで小○くんを見ながら、なにを考えてるんだ私は！

　でも留めようがないの、この脳内ラブロマンスを。だって思いついちゃったんですもん。もし小○くんが、「きみのために私は変わる！　変わってみせる！」なんて、プライドをかなぐり捨てて泣きながら若手秘書に縋《すが》りついたりしていたら……と想像すると、大変興奮してくる。後先考えずに、「あんたに一票！」と投じてもいいような気がしてくる。

　民○党の代表選に投じる一票は、残念ながら持っていないのだが。

手を取りあって生きていこうよ

私はここ二年ほどずっと、一人暮らしをしていると信じていた。

でもそうじゃなかった。先日、またべろべろ酔っぱらって深夜に帰宅し、台所の電気をつけたら……。足もとに、灰色の影が！

「ぎいやあああああ！」

影の正体を見きわめられないうちから、とりあえず叫んでおく。私の大音声《だいおんじょう》に驚いたのか、影はチョロチョロッと素早く棚の下に逃げていった。

ヤモリだ。灰色のヤモリだ！

そのヤモリに、私は覚えがあった。去年の夏、私がテレビの裏を片づけているときに、遭遇したやつにちがいない。

火宅のテレビ（正確に言うと、「ビデオおよびＤＶＤ視聴オンリー機」）は段ボールのうえに載っており、そのうしろがわは、「片づけるのが面倒だなあ」という物品を放置しておくスペースになっている。ビデオやらＤＶＤやら漫画やら取りこんだ洗濯物やらが、山と積まれた危険地帯だ。私は、「段ボールの陰にうまく隠れている」と思ってるのだが、部屋に遊びにきた友人は、「あの一角、なんとかしなよ」と言う。段ボールの陰には隠れきらないほど、片づけなきゃいけないものが溜《た》まってるようだ（他人事）。

で、去年の夏、めずらしくそこを片づけようと思い立ち、ビデオやらＤＶＤやら漫画やら洗濯物やらを掘り返していたのだ。そうしたら、チョロチョロッとヤモリが出てきた！　ぎいやあああ！　なんでそこにいるの！　きみはどこから入りこんだの！

私はなにも見なかったことにし、片づけを中断した。それ以来半年以上、テレビの裏の一角にはなるべく触れないようにしてきた。見たいＤＶＤを探すときも、指先でこわごわとまさぐるにとどめた。ヤモリは無害なやつだとわかっているが、そしてよく見ると、けっこうかわいい顔をしているが、できれば会わずにおきたい。

夏のあいだ、たまに「チッチッ」と鳴くヤモリの声が聞こえていたが、私は「外で鳴いてるんだよ。そうに決まってる」と自分に言い聞かせた。冬になり、声は途絶えた。死……？　いやいや、きっとどこかの隙間《すきま》から出ていったにちがいない。私はヤモリの存在を脳内から抹消した。

ところが、やつはまだ火宅内にいたのだ！　春になったら、活動をはじめたらしいのだ。そういえば、このあいだから「チッチッ」という音が聞こえるなあ、と思っていたのだが、まさか半年以上もほとんど飲まず食わずで生きのびるとは予想もしておらず、幻聴だと決めつけていた。ところがついに、深夜にヤモリと再遭遇である。なーんだ、私は一人じゃなかったのね。いつもいつも、きみがそばにいてくれてたのね。って、勝手にうちで冬眠するな！

私は「ヤモリのヤーさん捕獲作戦」を、三日にわたって実施した。台所に散乱した空きペットボトルを隅にまとめ、ヤーさんが好みそうな伊予柑《いよかん》（カビてしまったのを捨て忘れていた）を切って、皿に載せて床に置いた。冬眠明けで空腹のヤーさんは、きっと伊予柑を食べに現れるだろう。ヤモリがなにを食べて生きてる生き物なのか、冬眠するのかどうかも知らないが、私は伊予柑を食べると信じた。きっと、ヤーさんは皿の周辺に姿を見せる。そこを、コップを伏せて捕獲し、外に出してやるのだ。

真夜中に仕事をしつつ、十分に一回は台所との境のドアを開けて皿をうかがった。仕事になりゃしない。ヤーさんは姿を見せなかった。「親（？）の心、子（？）知らず」とはこのことだ。せっかく逃がしてやろうとしてるのに！　食わず嫌いせず伊予柑にかぶりつけ！

現在、私はまだヤーさんとの同居をつづけている。不本意だ。そして、パソコンはとうとう壊れた。ネットにつなげないので、原稿を送ることもできない。明日、マックショップに行くしかない。もしかしたら直るかもしれないから、重いデスクトップを引きずっていく。直らなかったときにはデータ移行をする必要があるから、ノートパソコンも背負っていくしかない。

ああ、もうやだやだ。ヤモリは住みつくし、パソコンは壊れるしで、ふんだりけったりだ。ヤモリの動向観察は諦《あきら》め、ノートパソコンのキーボードを叩《たた》きまくっていたら、友人Hから電話があった。深夜だというのに、会社から帰る道すがらのようだ。

「夜分にごめんねー」

こんな遅い時間までお仕事……！

「ううん、全然起きてたから大丈夫」

こんな遅い時間までお仕事……！　なんかお互いに、哀れみとねぎらいの念波をぶつけあう。

「私は最近さあ、専業主婦になりたくなってきたよ」

とHは言った。年度が変わって、仕事の忙しさに拍車がかかる時期らしい。

「『Hさん、書類がまだ出てない』とか言われるんだよ。アイディアを考えるのは好きだし向いてると思うんだけど、実務書類の作成にはとことん向いてないんだよ！」

「ああ……、なんかHは、うっかりしそうだね。せっかく優秀な頭脳を持ってるというのに、会社仕事には適応しない優秀さだというのが、またなんとも……」

「宝の持ち腐れだよ！」

とHは吼《ほ》える。「あら？　『持ち腐れ』って、すごい言葉だわね。持ってるうちに腐っちゃうのか」

「持ってる手の体温で腐る。しかも『ぐされ』る」

「いやあ、この言葉を考えついたひとはすごいわ」

よほど疲れているのか、Hはヒッヒッと笑う。「ところで私、会社を休みたいのよ。でも、忙しさのあまり心を病んで、というのは、自分に対する負けのようでいやなの。体の病気になるのがいいと思うんだけど、どう？」

「どうって……」

そんなこと考えてる時点で、すでに病がちではなかろうか。「病気になるのは怖いからいやだなあ。なんの病気がいいの？」

「いろいろ考えたんだけど、『一時的に聴覚を失う』。これしかない！　ストレスが高じて、体が『もうだめ！』という信号を送ってるわけよ。私は働きたい気まんまんなんですけど、残念ながらなにも聞こえなくなったので、しばらく休ませていただきます、と」

「うん、それはひとつの手だね。なにしろなにも聞こえないから、会社に『休みます』の電話をかけるときも、一方的にまくしたてて切ることができる。ていうか、聴覚を失ったと装《よそお》って、電話をかければいいじゃない」

「それは無理。そこまでの演技力はない」

「マヤ、ガラスの仮面をつけるのです！」

「ああー、私は生まれ変わったら貴族になるよ。働かず、周囲に微笑《ほほえ》みを振りまくことだけを仕事に生きるよ。春の王女アルディスのように……！」（註：アルディスとは、『ガラスの仮面』で主人公の北島マヤが演じた人物）

「光のないところに影は生まれないのですよ、マヤ」（註：うろ覚えだが、マヤと亜弓さんが『二人の王女』を演じたときに、月影先生が放った名言）

「さ、寒い……オリゲルドお姉さま……！」（註：アルディスは、亜弓さん演じるオリゲルドお姉さまに牢獄《ろうごく》に入れられてしまうのだ）

「ええと、なんの話だっけ？」

「『会社を休む方法』だよ！　私はもう一個考えた」

「そんなことばっかり考えてるから、『書類が出ていない』と言われてしまうのだよ、きみは」

「そんなことばっかり考えるのには、向いてるんだよこの優秀な頭脳は。あのね、じんましんが出て、手が腫《は》れあがる」

「『すみません、朝起きたら両手が二倍の大きさに！　これではキーボードを叩いて書類を作成しようにも、一気に三つぐらいのキーを押してしまいそうなので、お休みします』」

「そうそう。『もう、グローブみたいなんです！』」

「『はっは、便利だな、Hくん。グローブをはめなくても野球ができるってわけか。じゃ、日曜の社内草野球に、きみ参加ね』」

「結局休日出勤かよ！　いやだよ！」

「真剣に働き、書類を出すほかない、ということだね」

「ああー、もう、私がいいと思うものが、ちっとも受け入れられない世の中が憎い！でも、ク○のような流行《はや》りばかりの世の中に、迎合したくはない！」

アイディアを却下されでもしたのだろうか。私は「うーん」とうなった。

「このあいだ、友だちと話してたんだけどね。『いいと思えるものが、世の中に少なすぎる。「いい」ともてはやされるものを、私はちっともいいと思えない』って。愛せるものが少なくて、あふれる愛を持てあましてるわけ。それで、どんどん頑固になっていってるわけ。『この頑固さの理由はなんだろう』って、友だちと私は考えたよ。そして出た結論が、『加齢のせいじゃないか』と」

「加齢！　まさかそんな……！」

Hは衝撃を受けたようだ。「あんたの頑固さは加齢ゆえかもしれないけど、私のはちがうわよ！」

「なにを根拠に、そう主張するのだね」

私はフッフッと笑った。「いいか、ひとを二種類に分けるとすると」

「なんの権利があって、ひとを二種類に分けるんだ」

「いいから聞きたまえ。ひとは二種類に分けられる。愛されることで満たされるものと、愛することで満たされるものだ。きみや私は、明確に後者だ！　そして愛することによってしか満足を得られないものは、非常に好き嫌いが激しく、頑《かたく》なな傾向にある！　これは独自の統計から導きだした真理だ！」

「あたしは愛されてれば満足だもーん。愛されすぎてウハウハだもーん」

「言葉が上滑ってるぞ。とにかく、後者に属する人間は、愛を捧《ささ》げられても困惑するばかりなのだ。愛したいと願う心を抱えて、さまようしかないのだ。しかし、我が愛にふさわしい事物は少ない。あふれる愛のぶつけどころを見いだせず、ストレスが溜まっていく。もし、世の中が私を幸せにしたいのなら、賛美の言葉も、高いバッグも必要ない。そんなもののかわりに、私が愛せるものを差しだしてくれればいい。それが私への愛と知れ！　……ちょっと名言じゃなかった？　もう一度言ってみよう。

『私が愛せるものを、世の中は差しだすべきだ。それが私への愛と知れ！』。うーん、いい……」

「浸《ひた》ってるとこ悪いけど、愛のぶつけどころを求めてさまようあんたが、愛をぶつけられる数少ない事物って、たとえばなんなの？」

「言うまでもないだろう。漫画だ。それ以外にない！」

「……おやすみ」

「おやすみ。明日もちゃんと会社に行くのだぞ」

「もう仮病する気力も尽き果てました……」

それはよかった！　のか？

ヤモリのヤーさんはその後、外出しようとドアを開けた私の足もとをすり抜け、自由の大地へ旅立っていった。「ぎゃっ、ヤーさん!」と叫んだのに、彼は振り向きもしなかった。

さびしい……。しかし、ヤーさんの幸福と子孫繁栄を願おう。彼の子どもたちがまた訪ねてきてくれるのを、私は部屋で一人待っている。

島根紀行　その一

急に思い立って、島根に行ってきた。

泊まる場所も決めず、レンタカーでふらふらするのだ。こう書くと、なんだかすごく自由な渡り鳥って感じがする。俺を導くのはただ風ばかり、って感じがする。しかし、そうではない。実際、誇張や比喩《ひゆ》表現ではなくふらふらしていたのだ。問題は車の運転だ。

私は自分の運転技術を過不足なく把握しているので、軽自動車を借りた。これなら、いくらなんでも切り返しができなくて溝にはまったり、車幅を見誤って壁にこすったりはすまい。万全だ。そう思い、レンタカー会社の駐車場から、借り受けた軽自動車を発進させようとした。車は動かなかった。どうやら、サイドブレーキがかかっているようだ。ところが、運転席と助手席のあいだに、ブレーキのレバーが見あたらないのである。

どういうこと？　念力でサイドブレーキをかけたりはずしたりする仕様なの？

私は車から降り、レンタカー会社の事務所のドアを叩《たた》いた。

「すいません！　サイドブレーキの解除のしかたがわかりません！」

「……」

事務所内にいた人々の視線が痛かった。社員の一人が出てきて、

「これは、足でブレーキを解除するんです」

と懇切丁寧に車の使いかたを教えてくれた。ようし、わかった！　今度こそ発進！

と思ったのだが、ギアがパーキングに入っていたため、車はあいかわらず動かなかった。ところが、運転席と助手席のあいだにギアがないのである。

「……えーと、どうやってドライブにすればいいんですか。念力で？」

「ハンドルの横から棒が出てるでしょう！　それですよ！」

「そうかー。ワイパーを動かすための棒かと思ってましたよ」

「ワイパーはその手前の棒です。……お客さま、さきほどコピーを取らせてもらった免許証、本物ですよね？」

「一応」

「安全運転で頼みますよ」

「ラジャ！」

ってなわけで、ようやく発進できた。免許を取ってから八年ぐらい経《た》っているが、そのあいだに運転したのは、合計してもたぶん十時間にも満たないのだ。危険きわまりない。いろいろ手順を思い出しながら、公道を走る。

たしか、カーブのときは「スローイン、ファーストアウト走行」を心がけるんだったよな。制限速度が五十キロの道で、三十キロでカーブに入り、四十キロでカーブから出る。スピード違反をしないよい子ではあるが、まわりの車にとっては迷惑以外のなにものでもない。逆にスピードが遅すぎるせいで違反切符を切られそうである。

さらに、飲酒したわけでもないのに、気づくとセンターラインを大幅に越えて走っている。奔放な我がドラテクに怖《おそ》れをなしたのか、いつのまにか周囲から車影が消えていた。みんな、俺を追い越していってしまったのね……。

どうして一定の速度でまっすぐに走れるのか、どうもよくわからない。アクセルを踏んでると、足が疲れてきませんか？　左右にふらつき、たまにいまにも止まりそうな速度になったりしながら、レンタカーの旅をつづける。無事故のまま、いま火宅にいられるとは奇跡だ。島根の神々に祝福されているとしか思えない。

本人的には非常にいい気分で、自作の歌を大声で歌いつつ運転した。「島根はとってもいいところ〜。一度は住んでみたいけど〜、一人で住むのはさびしいな〜。一緒に住むひといないから〜、いっそ犬でも飼おうかな〜」という歌だ。ナビに惑わされて砂利道につっこんだりもしたが、最初の目的地である「加賀の潜戸《くけど》」に到着。

潜戸は、海に面した崖《がけ》に洞窟《どうくつ》があって、そこに小さな船で入っていける観光名所だ。イタリアに「青の洞門」ってありますよね？　イタリアに行ったことがないので、たしかなことは言えないのだが、たぶん潜戸は「青の洞門」の島根版だと思えばよろしいのではなかろうか。すごーく神秘的で、景色もいいし、五十分ぐらい船で海を行くので、おすすめのスポットだ。私は張り切って、朝の九時に船着き場に立った。海がちょっとでも荒れると、潜戸に入ることはできない。その日は快晴で、素人目《しろうと》にも波は凪《な》いでいた。やはり、神々は私を祝福している……！

しかーし！　潜戸に行く観光船は、二名様からしか運航しないのであった。しょうがないので、「だれか来ないかなあ」と波止場でしばらく待つ。三十分が経ち、「そのへんにいる近所のおばあちゃんでも誘おうかな」と思いはじめたころ、ようやく観光客らしき三人家族がやってきた。家族の一員であるかのような顔をして、そそくさと一緒に船に乗りこむ。

船を運転するのは、地元の漁師のおじいさんだ。運転しながら、マイクで観光案内もしてくれる。「みなさまー、本日はご乗船くださりー」と言うその声が、なぜか激しくビブラートのかかった発声で、非常にいい味を出している。おじいさんの震える声とともに、ポンポンと船は進む。「このあたりは水深も浅くー、海中の様子がよく見えますー」と、おじいさんは海の真ん中で船を停める。ふむふむ、と思って海を覗《のぞ》きこむと、すかさず、「しかし最近は魚の数も減りー、残念ながら藻しか見えませんー。よって、先に進ませていただきますー」と言う。なんなんだ！　穏やかかつ実直そうなのに、キャラが立ちまくったおじいさんだ。

　潜戸は二つあり、ひとつは青の洞門風だ。こちらは一見の価値ありで、神さまが生まれた場所だという言い伝えがあるのもうなずける感じである。もうひとつの潜戸は、船では入っていけない洞窟だ。そのなかは、至るところにびっしりと小石が積みあげられている。水子供《く》養《よう》に全国からひとが訪れるらしい。洞窟に船を着けたおじいさんは、「どうぞごゆっくり洞窟内をご覧くださいー」と言って、小さな波止場の隅で立ちションをしはじめた。

　三人家族と私は、おそるおそる洞窟内に足を踏み入れる。なんかさっきから、三人家族のお父さんとお母さんが私のほうを気遣わしげに見てるんですけど、なぜですか？　これはもしかしなくとも、「女一人で潜戸に来る＝水子供養が目的」と思われてるんでしょうか？　ちなみに、三人家族の娘（二十歳になるかならないかの年頃。ヴィトンのバッグを所持）は、「水子ってなに？」と朗らかに母親に聞いている。母親は私のほうをチラチラと気にしながら、小声で説明している。ううーん、どうすりゃいいの。

　この洞窟というのが、どんどん天井が低くなりつつ、かなり奥行きがあるのだ。一番奥のほうに、小石に埋もれる形で、巨大なドラ◯もんの生首がボーッと浮かびあがって見える。だれかがぬいぐるみをお供えしたのだろうけれど、こここわいよ！　とてもじゃないけど、「ごゆっくり」していられないムードだよ！　霊感があるひとには、あまりおすすめできないスポットである。

　海風で顔の皮膚がパリッパリになったが、満足して船から下りる。一人旅というのは、どうも周囲に気を使わせてしまうものらしく、船から下りるのを手伝ってくれたおじさん（やはり地元の漁師さんっぽい）が、親身な感じで話しかけてきた。

「お客さん、どっから来たの？」

「東京です」

「東京!?　わざわざ潜戸を見に？」

あ、これはもう、水子供養の洞窟が目的だと思われてる。決定的に思われてる。私は諦《あきら》めて、「はい……」と答えた。

「どうだった？」

「とっても神秘的でした。波もあるのに、狭い入口から潜戸のなかに船で入るのって、すごく技がいるんじゃないですか？」

「そうね、けっこう熟練じゃないとね」

と、おじさんは少し得意げだ。

「漁の合間に、ちょっと潜戸に寄ってみたりはしないんですか？　何度でも行きたくなるような、不思議な空間だと思ったんですが」

「いやあ、行かない行かない。観光のお客さんを乗せてないときは、まず近づかないね」

どんな名所でも、近場だとかえって行かないものなのかな、と思ったが、どうやら潜戸（水子供養の洞窟じゃなく、神さまが生まれたほうの洞窟）は神聖な場所なので、地元住民は敬して遠ざけているようだ。特別な用事がないかぎりは近づかず、近づくときも「いまからお邪魔しますよ」と神さまにわかるよう、鳴り物を鳴らしながら船で接近するほどだとか。なるほど。

さて、次はどこに行こうかな、と鼻歌まじりで再びハンドルを握る。島根旅行はまだつづく。

島根紀行　その二

レンタカーに入っていたナビは、情報が古くてまったくあてにならない。島根県の地図を購入し、じっくりと眺めた私は、「次は荒神谷遺跡《こうじんだに》だ！」と決めた。どうして島根まで行って、社会科見学じみた場所を選んでしまうのか。でも、遺跡が好きだからしょうがない。

宍道湖《しんじこ》の上を走る道路を選び（下を走る道よりも交通量が少なそうな気がしたから）、西へ向かう。

荒神谷遺跡は、大量の銅剣と銅鐸《どうたく》が発掘された場所だ。しかも、一カ所にズラーッと並べられた形で埋まっていたのだ。いったいなんのためにそんなことをしたのか、古代人の思考回路は謎《なぞ》である。もしかして、対立する集落とのあいだで、不戦協定でも結んだのかな。「武器は放棄します」ってことで、記念に銅剣を埋めてみたのかな。わからんのう、と思いながら、荒神谷史跡公園の発掘場所や、荒神谷博物館などを見てまわる。私としてはものすごく楽しい観光（？）スポットだったが、ひとけはあまりなかった。博物館前の芝生で、近所の老人会のメンバーっぽい人々が、ひなたぼっこしながらお弁当を広げているのみ。のどかだ……。

荒神谷博物館は、歴史的・考古学的に公正かつ熱心な展示をしていたが、発掘の経緯の説明が「プロジェクトX」調なのが笑える。「それは、一片の土器の発見からはじまった」「男たちは、夜を徹して発掘作業をつづけた」って感じなのである。

三瓶山《さんべ》にある「三瓶自然館」に行ったときも、「プロジェクトX」臭は若干感じた。このぶんだと、日本全国の博物館が、「プロジェクトX」口調で覆《おお》いつくされているのではないかと推測される。ちなみに三瓶自然館も、ものすごく充実した展示内容で、とても楽しい。

島根県民の、見応《みごた》えのある博物館づくりにかける意気込みは、なみなみならぬものがある。私は旅先で、かなりいろんな博物館を見てきたが、島根の博物館の展示物の質と量は群を抜いていると思われた。それにしても私、なんでそんなに博物館とか遺跡とかを見たがるのかなあ。自分でもよくわからない情熱が、博物館と遺跡とに向かって放射されるみたいだ。

三瓶自然館に行くまでも、すごく道に迷った。このナビはてんで駄目だ！　って、駄目なのは私の方向感覚なのだが。ナビは「その道じゃないよ！」と言ってるのに、「えー、曲がりそこねたよ。でもたぶん方角的には合ってるはず」と、どんどん違う道を進んでしまい、ついに細い山道で立ち往生することの繰り返し。四回ぐらい、谷底とか田んぼとかに落ちかけた。どことも知れぬ山奥の村の、やっと見つけた集会所の駐車スペースでなんとか方向転換する。方向転換のために車の窓を開けたとたんに、籠《かご》を背負ったおばあさんが怪訝《けげん》そうに近づいてきて、「どっから来たの」と尋ねる。どこへ行きたいのか、を尋ねてほしいものである。

「東京です」

「へー」

「あの、三瓶自然館って、どう行けばいいんでしょうか」

「……（すごく長い沈黙）あー。全然違う。でも、私じゃ説明できないから、郵便局に行きなさい」

「郵便局はどこにあるんでしょうか」

「この道をずーっと戻って、別れ道を右に進んで、小さな橋を渡ったら（以下略）」

こんな広範囲を、ホントにひとつの郵便局がフォローしてるのか？　と思えるほど長い距離を戻り、局員に道を聞く。局内にいた人員（二人）が総力を挙げて道順を教えてくれる。人間って親切な生き物だ……。「なんで、てんで見当違いの場所に迷いこむのかねえ」と半笑いの局員たちに礼を言い、今度こそ無事に正しい道を行くことができたのだった。

三瓶自然館も、力の入った展示にもかかわらず、行ったときにはあまりひとけがなかった。圧巻なのは、埋没林《まいぼつりん》と鳥の剝製《はくせい》コレクションだ。

埋没林というのは、三瓶山が大昔に噴火したとき、火山灰に埋まった巨木だ。その木々が立ったままの形で発掘されたのである。見事に原型を留めた縄文時代の巨木を、間近で見ることができる。え、あまり嬉《うれ》しくない？　私は、「すごい、これはすごい」とうなりっぱなしだったのだが……。噴火で埋もれた町（森だが）とか、地層とか、縄文杉とかが好きなひとには、おすすめである。

鳥の剝製コレクションは、大きなワシとか鷹《たか》とか、色鮮やかな南国の鳥とかが、翼を畳み、脚をそろえた形でちんまりと、大量に並んでるのだ。宮沢賢治の『銀河鉄道の夜』に、鳥撃ちの男が出てくる。撃たれた鳥は、煎餅《せんべい》だか餅《もち》だかみたいにクテッとなってしまう。まさにそんな感じで、ミニマムな形に畳まれた死せる鳥たちが、ずらーっと横たわっている。

学術調査のために剝製標本になった鳥たちは、生きていたときの色彩や質感がそのまま残っていて、精巧なぬいぐるみみたいだ。かつて空を飛んでいたことがあったということを、うまく想像できない。並んでいる鳥の数だけ確実に死があり、しかも死というものをそのまま体現しつづけているんだなと思うと、怖くはないが、なんだか妙な気分になってくる。とても静かだ。

水槽のなかには、三瓶山に棲息《せいそく》する魚やカエルがいる。こっちは生きている。しかし私は最初、カエルが置物なのか生き物なのか、わからなかった。とても大きくて立派なカエルで、しばらく見ていても微動だにしないのだ。よーく観察すると、喉《のど》のあたりがヒクヒク動いている。だがそれも、機械仕掛けで本物らしく見せる動きのような気がする。

案内係のお姉さんが、「観光ですか」と声をかけてきたので（親切かつフレンドリーなひとが多いなあ）、ちょっと話をした。

「このカエルは本物ですよね？」

「はい、生きてます。でもほとんど動かないんですよー。私もここで働きだしてしばらくして、『あ、本物だ』と気づいたぐらいで」

「餌《えさ》は？　なにを食べてるんですか？」

「バッタとか、生きてる虫をあげるんです」

と、お姉さんはやや眉《まゆ》をひそめる。「普段はすごくおとなしいんですが……」虫を与えると、いったいどんな動きを見せるのか。うーん、見てみたいような、みたくないような。

次に向かったのは、温泉津《ゆのつ》温泉だ。温泉！　やっと観光地っぽくなってきた。温泉津温泉は、海に面した細い谷間にある町だ。石見《いわみ》銀山が栄えていたころは、温泉津は銀の積出港として賑《にぎ》わっていて、二十万人が住んでいたらしい。この小さな町に、二十万人⁉　にわかには信じがたい。

いまの温泉津は、静かで風情《ふぜい》ある温泉街である。ぶらっと入れる公衆浴場が二カ所ある。薬師湯と元湯だ。湯温や泉質に微妙なちがいがあるらしく、地元のひとは好みによって贔屓《ひいき》の湯のほうに入るようだ。私は両方入ってみたが、はっきり言ってどっちもいい！

かなり濃厚な感じの温泉で、体の芯《しん》までホカホカだ。しかし熱い。とても長風呂《ぶろ》はできんぞ……と思ったのだが、常連らしきおばちゃんが、「今日はぬるい」と言っていて驚く。これでぬるいの？　その後、車を運転しているときも、しばらく発汗がつづく。なんかいやだな、「運転しながらダラダラ汗をかいてるひと」って。

翌日もお肌はツルツル、いつもは常に冷たい足先もぬくもったままだったので、効き目は抜群だ。今度はぜひ温泉津温泉に泊まって、じっくりと湯治したいものである。そんなに大きくない旅館がたくさん建ち並んでいたから、どこにしようかいまから迷ってしまうなあ。

泊まる場所を決めていなかった&予算の都合で、今回の旅では結局ビジネスホテルばかりを利用した。残念ではあるが、夜はホテルの近くの小料理屋にぶらりと入れる。それもまた気楽でいいものだ。

大田市で入った小料理屋は当たりだった。きれいな中年女性がやっている、こぢんまりとした店である。どうやら、近所のおじさん、じいさんたちのたまり場らしい。私が行ったときは客がいなかったのだが、美人女将《おかみ》とともにテレビを見ながらご飯を食べているうちに、いい塩梅《あんばい》に酔っぱらったおじさん、じいさんたちが続々とやってきた。美人女将は各人の好みをちゃんと把握していて、ちゃっちゃと酒と料理を出してもてなす。見慣れぬものがカウンターの隅の席にいることに気づき、おじさん、じいさんたちが案の定話しかけてくる。

「あれー、あんた、どっから来たの？」

「東京です」

「そりゃまた遠いところから。なんにもないでしょ、島根には」

「いや、そんなことはありませんよ」

「そうかねえ？　ずっと住んでると、なんにもないように思えるけどねえ」

おじさん、じいさんたちは、そこでひとしきり、「東京だって、ずっと住んでりゃ、なんにもないんじゃないか」「まさかあ。東京はいろいろあるだろ」と話しあう。そ

れからなぜか、「市町村合併の弊害と利点」について、熱く語ってくれる。酔っぱら

ってるもんだから、いまいち要領を得ないが、隣の町といえども文化圏がちがい、お

役所的な取り決めで合併されても、異文化交流はなかなか骨が折れるもんだ、という

ことらしい。ふむふむ、と聞いていると突然、

「えっ、あんた一人で旅をしてんの？」

と、奥の席に座ったおじさんが身を乗りだしてくる。答える間もなく、隣に座った

おじさんが、

「一人ってことがあるかい。夫婦もんだろ？」

と、確信に満ちた態度で畳みかけてくる。またもや答える間もなく、美人女将が、

「夫婦もんだったら、夫婦で夕飯食べにくるでしょ。なんで旅先でわざわざ夕飯を別

行動にする必要があるのよ。飲みすぎて、わけがわからなくなってない？」

と、おじさんにツッコミを入れる。

「それもそうか」

「一人で島根へ？　なにもないのに？」

「合併ってのは、でもいいところもある」

もはや脈絡というものがない。楽しい店だな、と思っていたら、ガラガラと引き戸が開いて、また一人、常連らしきおじいさんがやってきた。このひともすでにベロベロに酔っぱらっている。

「こんばんはー」

千鳥足のおじいさんを、美人女将が素早く支える。

「○○さん、またそんなに飲んで。一人で来たの？」

「一人じゃないよ。影と二人だ」

「あらあら、影は勘定に入れないのよ」

胸がキュンキュンした。映画のワンシーンじゃあるまいか。おじいさんの名言も、女将の優しい切り返しも、粋《いき》の極みである。

私も一人で旅をしているとばかり思っていたが、そうではなかったのだなあ。影と二人だ。

島根の夜は、酔いにかすんで更《ふ》けていったのだった。影と二人で来たおじいさんは、

「デイケアを断られた。役所は傲慢《ごうまん》でひどい」と訴えていたが、うん、いや、おじいさん。デイケアの必要がないぐらい元気っぽく見受けられますよ。へべれけになるまで飲んでるし。

なんでもベスト5

ダイエットを決意した瞬間

まあ、わりといつも決意だけはしている。

【1位】夢のなかでゆで卵を二十個ほど食べていたとき。すごく苦しかった。ゆで卵を食べながら、「ああ、こんなに食べては、またコレステロールが……」と激しく苦悩した。それなのに食べつづけた。夢のなかでもあさましくものを（しかも、たいして好物でもないゆで卵を）食っている自分が恐ろしく、目が覚めたときにダイエットを決意する。

そのあとすぐ、朝ご飯に目玉焼きを食べたが。

【2位】長距離選手に、「三浦さんは走れそうにないですね……」と遠慮がちに言われたとき。

小説の取材をしていたときのことだ。長距離の選手は、総じてスレンダーだ。「デブは罪」ぐらいの勢いだ。たしかに私はブヨブヨしていて、走れやしないのだが、面と向かって言われると恥ずかしく、衝撃が深い。「痩《や》せるぞ！　そんで風のように走ってみせるぞ！」と決意したが、考えてみれば私は、いまより十キロほど痩せていた若かりしころも、全然走れやしなかった。走れるか走れないかは、体型の問題もあるが、必ずしもそれだけではない。

そのあとすぐ、夕飯にビールを一リットルほど飲んだ。

【3位】二年前までは穿《は》けた、それどころかウエストでくるくるまわっちゃって難儀したスカートが、スモールライトを浴びたとしか思えぬ布きれに変じたとき。

ま、これはよくあることですよね。洗濯の際に縮んじゃったんだと思う。ちゃんとクリーニングに出したんだが……。いやいや、縮んだにちがいない。もしくは、この年になっても肉体が順調に生育した証《あかし》であろう。めでたいなあ。思春期の少年以上の生育ぶりだよ。……だったら、なんで背がのびないのだ。

私の住む地球では、人間は横方向にのびるものと決まっているようだ。

【4位】ロマンスを妄想しても、ベッドインの時点で我に返ってしまうとき。

妄想のなかでも、服など脱げません！　そんな破廉恥《はれんち》な！　素敵な男性のまえで俺の裸体をさらすなんて、絶対無理ー！

くそー、妄想ぐらい自由にできる肉体になりたいぜよ。

【5位】美しくナイスバディな女になった自分を妄想するとき。

現実の自分に妄想を打ち砕かれた私は、今度は、「じゃあ、人々に『完《かん》璧《ぺき》な美だ』と褒めそやされる女になったとしたら、なにをしようかしら」と妄想してみるわけだ（懲《こ》りない）。

たぶん、いい男にチヤホヤされて、夜景のきれいなレストラン（体験したことがない事柄に関しては、人間の発想は貧困になりがちである）で食事をおごってもらえたりするんだろう。そんでたぶん、

「きみって小食なんだね」

とか言われるんだろう（美女はドカ食いなどしないはずだ）。

「いつもはそんなことないんだけど、あなたと食べてると思うと、胸がいっぱいで……」

などと答える私。

くだらなくないか、こんなやりとり！

自分の妄想に自分で激怒する。実際に痩せていて美女だったら、このようにくだらない妄想をせずともよいものを！　太っているばかりに、愚にもつかぬ妄想に無駄な時間を費やさねばならないとは、あー、やってられねえ！　ダイエットしよう。痩せてみりゃあ、現実がどんなもんかわかるだろ。

そのあとすぐ、「たとえ痩せても、『生まれ持った顔の造作』というハードルは越えられないんじゃ……」と厳然たる事実に気づき、ダイエットへの決意はいつも脆《もろ》くも崩れ去るのだった。

死ぬかと思った瞬間

慎重に生きているので、それほど死と近接した経験はない。

【1位】飛行機に乗るとき。

天候がよく、パイロットが上手に操縦しても、飛行機に乗るときはいつも「死ぬ」と思っている。搭乗予定の二週間前から胃が痛んでたまらず、医者に薬をもらうほどだ。

そんななかでも、福岡—対馬《つしま》便は危険だった。バスぐらいの大きさの飛行機で、風に煽《あお》られて激しく上下左右に揺れる。対馬の空港に着陸するときも、風に阻《はば》まれ何度もやり直すのだが、これが恐《こわ》い。王蟲《オーム》の大群に弾《はじ》き飛ばされるナウシカのメーヴェって感じだ。

かといって海路で対馬に向かうのも、相当恐い。対馬海流の威力を思い知れ！　と言わんばかりの波だった。遣唐使の苦難に思いを馳《は》せ、つい念仏が口をついて出る。

【2位】沖縄の海に潜ったとき。

ダイビングの経験など一度もないのに、菅原文太《すがわらぶんた》みたいなおっちゃんに引きずられ、海中を漂った。竜宮城とは死後の世界の比喩《ひゆ》。珊瑚《さんご》や魚は死出の旅の道先案内人。混乱と恐怖にすくむ私におかまいなく、おっちゃんはジュゴンのように海亀《うみがめ》とたわむれる。

急激な水圧の変化によって、脳の血管が二本ほど切れた気もする。しばらくは頭が痛かった。もう二度とダイビングはしない！　宇宙遊泳も頼まれたってごめんだ！

私は地を這《は》う虫でいい。


【3位】腸炎になったとき。

四十度を越える高熱と、痛みを痛みとして把握できぬほどの腹痛と、下痢という言葉では生ぬるい下痢に襲われ、あの世を垣間見《かいまみ》る。ついでに、親指ほどの大きさの人々の大名行列も見る。幻覚を見たのは、いまのところ、あれが最初で最後だ。幻覚だと認識せぬままに、ふだんからしょっちゅう幻覚を見ているのかもしれないが。


【4位】門から転落。

子どものころ、門から落ちた。たいした高さではなかったが、顔面から地面に激突したため、数瞬意識が飛んだ。気がついたときには、額から鼻にかけて斜めに擦りむけて、血がダラダラ出ていた。

縫うほどの傷ではなかったが、「ただでさえブサイクなのに……」と、母と祖母は嘆いておった。しかし落下の衝撃から復活した当人は、「キャプテン・ハーロックと同じ形の傷だ！」と、満更でもない思いだった。


【5位】冬の空き地で寝る。

酔っぱらって家まで帰りつけず、住宅街のなかにある空き地で寝た(らしい)。朝起きたら、あまりの寒さにブルブル震えており、あたたかい缶コーヒーを買おうにも、自動販売機に小銭をうまく投入できないほどだった。空き地から突如出現した酒臭い女に向けられる、駅へ向かうサラリーマンたちの視線が痛かった。

もうちょっと皮下脂肪が少なかったら、凍死してたかもしれんなー。やっぱりダイエットはしちゃいかんなー。

四章　妄想カテドラル

Tシャツ三昧《ざんまい》

このごろなんだか、ふぬけているのだ。きんろういよくが、いちじるしくていかしているのだ。

全部を平仮名で書いちゃうほど、毎日毎日ボーッとしてるわけなのであるが、雑誌をぱらぱらめくっていて、「○ニクロで、荒木飛呂彦先生デザインのTシャツを販売」という記事を発見した。うすらぼんやりしていた脳みそが、一気に覚醒《かくせい》した。

さっそく、自転車を漕《こ》いで本宅まで行く。そうそう、最近、自転車を購入したのだ。坂（ていうか山）ばかりなので、自転車普及率がきわめて低い土地柄なのだが、運動不足解消にいいかと思い、つい買ってしまった。しかし坂（ていうか山）ばかりなので、漕ぐのがつらい。さらに、アパートの敷地内に停めておくのがはばかられ、毎回毎回部屋まで運びあげている。これが非常に面倒くさい。あまり乗らないうちに梅雨に突入しそうだ。

そういうわけで、本宅まで自転車を漕いでいったのだが、道のりの半分が坂（ていうか山）だ。必死に頑張ったせいで、貧血になった。おとなしく自転車を引いて歩けばいいのに、ちょいと意地になってしまった。本宅に転がりこみ、ソファでのびていると、弟がやってきた。

「なんでいるんだ」

「あんたに伝えたい情報があって、飛んできたんじゃない」

「電話じゃだめなのか」

「……あ」

「まあいい。言ってみろ」

「あのね、荒木先生デザインのTシャツを、〇ニクロで売ってるらしいよ！」

弟の眉毛《まゆげ》が、ぴくりと動いた。

「買うでしょ？」

「もちろんだ」

いますぐ家から飛びだしていきたそうな気配だが、あいにくすでに夜だ。〇ニクロは閉店している。

「ブタ（と弟は私を呼ぶ）、おまえにしてはいい情報だ。俺は明日、〇ニクロに行く」

「私のぶんも買っておいて」

「いやだ」

なんでだよー。ブーブー言いつつ、貧血も収まったので、また自転車に乗って火宅に帰った。

数日後、再び弟と顔を合わせた。めずらしく弟のほうから話しかけてきた。

「ブタ、このあいだのTシャツの件だけど」

「うんうん、どうだった？」

「売り切れだったんだよ！　なんでも発売日の朝に、○ニクロに行列ができたらしい。この小さな町にも、やっぱり荒木先生ファンは大勢いるんだな。ちょっと甘く見ていたようだ」

「えー、じゃあ手に入らないの？　欲しいよう」

「俺は取り寄せを頼んでおいた。荒木先生デザインのものを、全色な」

「私のぶんは！」

「だからなぜ、おまえのぶんまで頼まなきゃならない」

弟は「やれやれ」という顔になった。「新しいデザインのものが、また発売になるらしい。俺は今度こそ、発売日に並んで手に入れる」

「私のぶんも買っておいて」

「おまえはおまえで、自分で並べ」

けち！　私はまた、ひとしきりブーブー言った。弟はそれを聞き流し、

「しかしちょっと腹の立つことがあった」

と言う。

「俺は○ニクロに赴き、Tシャツのことを聞こうとした。でもいきなり、『荒木飛呂彦先生のTシャツありますか？』と言うのも、はばかられるだろ？　俺にとっては神だが、その基準が○ニクロの店員さんにも通用するかどうか、わからないじゃないか。それで気を使って、『漫画家がデザインしたTシャツがあると聞いたんですが、在庫ありますか』と聞いたんだ。そうしたらその店員は、『あ、「ジョジョ」のひとのですね』と、かるーく返してきやがった」

「すいません、そのエピソードのどこに腹立ちポイントがあるのかわかりません」

「『ジョジョ』とか気安く言うんじゃねえ！　ホントに読んだことあるのかおまえは！　気を使ったのはまったくの無駄かよ！　と思ったわけだ」

「あんたちょっとカルシウム摂《と》ったほうがいいよ」

弟はジョジョが絡《から》むと理性が蒸発しちゃうようだ。信者でもないのに聖典について

語るなかれ、と言わんばかりの弟のまえから、私はそっと退散したのだった。君子は危うきに近寄らないのだ。

さらに数日後の朝、電話の着信音で目が覚めた。寝ぼけたまま「ふぁい」と出る。

「ブタさんか。俺だ」

「どうしたの?」

「いま、○ニクロに並んでいる。ジョジョTシャツ、本当に欲しいのか?」

「欲しい欲しい欲しい!」

「サイズは」

「よくわかんないけど、Mでお願い」

「うん。じゃあな」

なんだか「心ここにあらず」って感じで、弟は通話を切った。早くも開店時のダッシュに向けて精神集中しているのであろう。いい大人、と称される年齢なのに、Tシャツを買うために○ニクロに並んでる場合なのかしら。彼の生き方にやや懸念《けねん》が芽生えるものの、私的にはいい弟だ。だってジョジョTシャツが手に入るんだもの。るんるん、と二度寝する。

こうして私は、荒木飛呂彦先生デザインのTシャツを我が物としたのだ。

本宅に行き、おごそかに◯ニクロの袋からTシャツを取りだす。

「おおー、かわいいしかっこいい絵じゃない！」

「そうだろう」

自分で絵を描いたかのように、弟は得意気だ。「取り寄せを頼んでいた旧デザインも、新柄発売を機に入荷していた。取り寄せぶんとあわせて、二枚ずつ所持することになるが、それもまあいいかと思ってな。大量に買ってきた」

「着るぶんと保存用ってことで、二枚ずつあっても全然オッケーだよ」

「そうだよな」

共通する根っこが「オタク」なものだから、二人とも「保存用」の存在を無駄とは思わない。母が冷たい視線を寄越してくるが、気にしない。

「あら、このタグは……。先生の顔写真入りじゃないの！」

「原産地表示について、やかましく言われるご時世だからな」

「なるほど」

などと言いあいながら、嬉々《きき》としてTシャツを眺めたり撫《な》でたりする。

私はさっそく、ジョジョTシャツを着用している。さりげなくブレスレットをしたり、オシャレな靴を履いたりと工夫はこらしているが、キャラクターのプリントがドカーンとあるTシャツなので、どう頑張っても「秋葉原に来たオタクな外国人のまちがったファッション」ぽくなってしまう。でも無問題だ。これもまた最近お気に入りの、金子《かねこ》國義《くによし》Tシャツ（こちらはオタク臭のないかっこよさ）と、交互に着てご満悦。Tシャツにジーンズって、楽ちんでいい。

しかし楽に流れすぎるあまり、先日はついに化粧もせず、自然乾燥したボサボサの髪で新宿まで行ってしまった。その日はジョジョTシャツ着用日だった。出がけにあわてていたので、足もとは黒のゴム草履だ。どうなんだ。

喫茶店での打ち合わせだし、まあいいかと思ったのだが、流れでなんとなく、パークハイアットのラウンジに行くことになった。日の光がさんさんと射《さ》すパークハイアットのラウンジは、静かにランチやお茶を楽しむオシャレな人々でにぎわっている。明らかに浮いているぞ、私のファッションは。空中楼閣っぽいラウンジから、さらに三百メートルぐらい浮揚してる感じだぞ。

ま、パークハイアットに住んでるんで。自分ちで着飾るひともあまりいないってことで。

まずはTシャツとジーンズという何気ない恰好《かっこう》が、かっこよく見えるようなプロポーションを手に入れたいと思う。あと十キロぐらい体重を減らして、あと十センチぐらい脚を長くして、なおかつメリハリのある小顔になるべく頑張ろう。努力ではなんともならない事柄ばかりのような気もするが。

その後、まったく同じ恰好、まったく同じ流れをたどり、再び打ち合わせでパークハイアットへ行くことがあった。ところが、ラウンジの店員に入店拒否される。「なんだと、ごるぁ！　ジョジョTシャツに文句あるのか！」と内心で憤激したのだが、服装コードに引っかかったのはTシャツではなく、ゴム草履のほうだった。ヨ◯ジヤマモトの五万円の革草履なんですけどね、と食い下がってみたところ（もちろん、本当はそのへんで五百円で買ったゴム草履だ）、「草履型でヒールのないものはダメです」という返答だった。

……そういうことは、前回来店したときに言っておいてくれ。

日はまた昇る

パンがなければケーキを食べればいいのよ！　こんにちは。冷蔵庫を開けたら食材がなんにもなかったので、買い置きしてあった「サッポロポテトバーベQあじ」を食べて空腹を紛らわせています。

不覚だった。昨日はスーパーが開いてる時間に帰宅できなかったのだ。友人あんちゃん、知人の弓さん（仮名）とともに、カラオケで大いに盛りあがったからだ。

あんちゃんも弓さんも、非常に歌がうまい。しかも選曲がフツーじゃない。カラオケボックスにある「新譜集」の冊子は、ついに一度も開かれることがなかった。もちろんウォーミングアップはキン○キッズ。そこから「松本隆《まつもとたかし》先生の少年賛歌特集」になり、次に「阿久悠先生の世界にひたれる歌特集」に突入。このあたりであんちゃんと弓さんは、

「カラオケボックスは、作詞家別の歌本を編纂《へんさん》しておくべきですよ！」

「こうなったら、頼りは己れの記憶のみ！」

と、猛然と脳内インデックスを繰りはじめる。

「松本先生の、いつまでも瑞々《みずみず》しい少年の感性は、くらもちふさこの作品に通じるところがないか」

「ある！　自分が思春期に体験したことや感じたことを、細部までいつまでも鮮明に記憶してるっぽいところが似てる！」

「ああ〜、阿久先生がまた、泥っこくも胸キュンな世界を展開してる〜」

「すばらしいよ。両先生とも、宇宙から降りそそぐいい電波を受信中だ」

「うむ。さすが、〃地球の男に飽きたところ〃だけのことはある」

などなど、好き勝手にしゃべりまくる。テーブルのうえは、空いたコップでいっぱいだ（歌ってしゃべるものだから、なにしろ喉《のど》が渇く）。

両先生の歌には濃厚な物語性があるのに、どうして最近の売れ筋曲には物語がないのか、と議論する。歌の主人公がいつも「自分」で、自分の心情を吐露するばっかりでいいのか、と。じゃあ、「自分の心情を歌ってるようでいて、実はちょっとブッ飛んだ歌」を探してみよう、ということになった。「スピッ○のさわやかムードの陰に隠された暗黒ぶりを満喫しよう特集」「男性たちの妄想体質が如実《にょじつ》に表れた歌特集」

などが提案され、ついに真打ちが登場する。

ス◯シカオの『はじめての気持ち』だ。あんちゃんの熱唱に、弓さんと私は笑いころげた。

「オシャレかつさわやかな曲調なのに、度肝を抜く歌詞！」

「詞の構成が絶妙なんですよ。私はこれを聞くと、『天上の虹《にじ》』（里中満智子《さとなかまちこ》・講談社）で、額田女王《ぬかたのおおきみ》が歌を詠《よ》むシーンを思い出します。『春と秋のどっちが好きか』という歌なんですが、『日本文学史上、はじめて明確に構成を打ちだした作品だった』みたいなナレーションがついている。『はじめての気持ち』は、まさにそれですよ。『秋山ぞ我は！』と誇り高く宣言した額田女王ですよ！」

「ただの初恋の歌かと思って聞いてると、シカオは予想外のところへ着地してみせますよね」

「着地するまでも、微妙に腹黒い。恋する相手にどうやって近づくか、わりと冷静に作戦を立てたり」

「しまいには、まだ手もつないでいない相手の、『中』に入るときのことも、堂々と妄想しはじめる始末」

「『おまえが「中」に入るのか、それは決定済みなのか！』と、ツッコミを入れずにはいられません」

「いやあ、これは傑作ですよ」

本当にすごい歌なので、ご存じないかたは、どうすごいのかをぜひ聞いてみていただきたい。

延長に延長を重ね、私たちはカラオケボックスに棲《す》みつく勢いだ。飲み物も、飲み放題のソフトドリンクから、ジョッキの生ビールへと順調に移行した。

「このあいだ、友人から聞いたんだけどね」

と私は言った。「素敵な男性と話しているときに、アンニュイな口調で言われたんですって。『太陽は常に、太平洋から昇り、日本海に沈むんだよ。日本海から朝日が昇ることは、決してない……』と。友人は、『へえ、そうなんだ』と相槌《あいづち》を打ちつつも、内心では『？？？』だったらしい」

「その男性の発言は、ギャグなの？　それとも本気？」

「本気だったみたい」

「意味が全然わかんないよ！」

「私だってわかんないけど、彼の脳内を推測するに、たぶんこういうことだと思う。『日本列島を鳥瞰《ちょうかん》すると、大ざっぱに言って東側に太平洋が、西側に日本海がある。

そして、太陽は東から昇り、西に沈むものである。よってすなわち、太陽は必ず太平洋から昇り、日本海に沈むのである』」

「大丈夫なの、彼の世界認識、というか常識は！」

「私も、呆《あき》れるのを通り越して感心しちゃってさあ。聖徳太子みたいなひとだなあと思った。『日出処《ひいづるところ》の天子、日没処の天子に書を致す。つつがなきや云々《うんぬん》』って太子、日本列島にも中国大陸にも日は昇りますから！」

放っておくと国際問題にもなりかねない、壮大な妄想を着想するもんだ。私たちは、こういう類《たぐい》の「すがすがしい勘違いぶり」について語りあった。

たとえば私は、小さいころ、自分は地球の内側に住んでいる、と思っていた。「地球は丸くて、宇宙空間に浮かんでいる」と聞いて、「でも空気があるし、道を歩いていても、宇宙にフワフワと漂い出てしまわないよ？　そうか、地球の表面にいるのだとばかり思ってたけど、ここは地球の内側だったんだな」と勝手に解釈したのだ。つまり、地球は空洞で、空を見上げることはすなわち、地球の中心点方面を見ることなのだと思った。

じゃあ、宇宙にロケットを打ちあげるときはどうするんだよ、といまは思うが、地面を掘って地球の表面に出て、そこに発射台を建てるとでも考えていたんだろう。ガンダムで「コロニー」の生活が描かれていたせいか、自分で考えた「地球の内側に住んでる」説にも、「そういうこともあろう」と、あまり疑問を抱かなかったようだ。

さらに、「道で行きあう、知人ではないんだけど、どこかで会ったことがあるような気がするひと」。これも幼いころの私にとっては、頭を悩ませる存在だった。幼少のみぎり、私の脳は混線状態にあったようで（わりといまもだが）、道ですれちがうおじさんやおばさんを、かなりの頻度で「どこかで会ったことがある」と識別してしまうのだ。一種のデジャヴュである。

もちろん、「会ったことある気がするが、実際は全然知らないひとだ」ということはわかる。しかし、ここが幼児的論理の飛躍なのだが、「道ですれちがおうとするいま、私が『このおばさんに会ったことがある気がする』と感じているからには、おばさんもきっと、『この子に会ったことがある気がする』と感じているはずだ」と思えてしかたないのだ。意味がわかんなくて、読者のかたはいま、頭がおかしくなりそうであろう。書いてて私も、幼児だったころの自分の正気を疑う。

それで幼い私は、「どうしよう、どうしよう」と胸を痛めていた。まったく見知らぬ他人、しかし「会ったことがある気がする」おばさんに、私は挨拶《あいさつ》すべきか否《いな》か。おばさんも私のことを、「見知らぬ子だけど、会ったことある気がする」と思っているのだ（と幼い私は信じた）。だったら、おばさんと私は、「実際に会ったのは、道ですれちがういまがはじめての、知人」なのではないか（幼児のおかしな論理なので、あまり気にしないでください）。ああ、それなのに私は礼儀知らずにも、挨拶するべきか否かを迷ううちに、結局挨拶せずにおばさんとすれちがってしまった……！

知人（脳内暫定《ざんてい》）に挨拶もできないダメな子。そう思って私は、胸を痛めていたのである。ダメな子というよりは、アホの子である。子どものころの私は真剣に、「どうしたらいいかわかんないから、『会ったことがあるような気がする見知らぬ他人』と、どうか道ですれちがいませんように」と祈っていた。哀れだな。「日本海から朝日が昇らない」男性を、笑ってる場合じゃないな。

たぶん、自分では意識できず、まわりのひとにも気づかれていないだけで、ひとはだれしも少なからず、自分だけのトンチンカンな妄想世界に生きているんだと思う。

カラオケを通して、そんなことを考えたのであった。

難問もんもん

先日、ある集いに行ったら、ある政治家がスピーチをした。

と書くと、なんだか政治資金集めのパーティーに参加したみたいだが、そんなわけがない。今後の話の展開次第では、いろいろ差し障《さわ》りが生じそうなので、奥歯にものが挟まったみたいな言いまわしになるが……。つまり、知人の結婚披露宴に行ったら、某政治家（大臣）が来てたのである。あわわ、これ以上なくはっきり状況説明してしまった。

まあいい。話をつづける。宴は立食形式で、ゴージャスではあったが、なごやかかつフランク（って死語？）な雰囲気だった。私はもちろん、ぐびぐびと酒を摂取し、もぐもぐと料理を胃に収めていた。そうこうするうちに、政治家が祝辞を述べるために壇上に立ったのだ。私は飲食していても、ひとの話はなるべく聞く主義だ（酔いがまわらぬうちは）。ざわついてる会場にいる人々のなかで、たぶん五番目ぐらいにきちんとスピーチを拝聴したと思う。

政治家は最初、新郎新婦といかなるつながりがあって、自分がここにいるのかを説明した。ふむふむ、そんな心あたたまる、意外な接点があったとはねえ、って感じのエピソードだった。そこまではいい。しかし次に、彼はフェミコードの地雷を踏みまくったのだ。

要約すると、「新郎はずっと独身を貫くものと思っていたが、こんなに綺麗《きれい》な女性と出会っては、結婚したくなるのも当然だ」、「結婚したからには、ぜひとも子作りに励み、少子化の進む日本社会を救ってほしい」とのこと。

ちゅどーん！　ちゅどーん！　総員退避ーー！　なんという危険地帯なのだ。会場の片隅で、私が激怒したのは言うまでもない。

しししし、失礼かつ無神経じゃないか！　顔で結婚相手を選ぶのか、きみは！　新郎はそんな男じゃないし、新婦はたしかに綺麗だけど、綺麗なだけが取り柄の女じゃないぞ！　それになんで、「結婚したからには子作り」って決めつけるんだ。そんなのは本人たちの勝手かつきわめて個人的なことであって、おまえが口出す領域じゃないだろ！

いや、その政治家に悪気がないのはわかる。披露宴の祝福スピーチとしては、きわめてありがちな内容だとも思う。しかし、政治家（しかも大臣）の発言としては、気配りがたりず認識が甘いと言わざるを得ないのではあるまいか。「お子さんの教育は、私どもにお任せください」とも言っていたが（教育に関係する大臣なのだ。って、特定できちゃうが）、おまえには任せられん！　ぷんすか。

憤《いきどお》りのあまり、ホテルのボーイさんから新たなグラスをもらってワインを飲み干す。そして一緒にいたものに、

「ねえちょっと、どうなのこのスピーチ！　こんなに脇《わき》が甘いひとに政治を任せていて、〝日本社会〟は大丈夫なの！」

と怒りをぶつけてみた。ぶつけられたほうは、会場中央にある寿司《すし》コーナーを指した。

「見ろよ、あのまるまる一匹のマグロ。売れば何十万かにはなるぞ。あれを担《かつ》いで逃げよう。チャンスは、会場内の視線が壇上に集まったときだ。合図するから準備しておけ」

「わ、わかった」

って、そうじゃないだろ！　こいつ、聞いちゃいねえ！

私が怒りすぎなのだろうか。見たところ、会場内でぷんすかしているのは私ぐらい

だ。大人げないのかなと思いつつも、やはり釈然としない。そのへんのおっさんのスピーチなら、「ああ、またか」と、百歩譲ってなすこともできようものの、大臣なんだもんなあ。無難に「結婚おめでとう、お幸せに！」ぐらいに留めておいたほうが、彼の票数に悪影響が出ないのではないかと、気が揉《も》めることだ。竹竿《たけざお》の先にお便りをくっつけて、差しだしてみようかしら。いやいや、それも余計なお世話だよな。めでたい席で悶々《もんもん》としてしまう自分が、なんか肝っ玉の小ささを象徴してるようでいやだ。しかし、ひとを悶々とさせないスピーチぐらいしてみせろよな、ちぇっ、とも思うのだった。

結婚披露宴は、しばしば私の血圧を上げる。なんでなのかと考えるまでもなく、結婚という制度のまえに、思考停止状態になるひとが散見されるからだ。フツーに新郎と新婦という各個人を祝福すればいいのに、無邪気に無神経に「制度万歳！」を謳《うた》いあげる神経が謎《なぞ》だ。と憤る私の神経が謎だ、と相手が思うであろうことはわかっているのだが。と悶々とする人間がいることに、ちょっとは気づいてほしい。ああ、悶々地獄。

私が思うに、披露宴のスピーチで避けるべきなのは、

一、子どもに関すること

二、夫唱婦随をほのめかすこと
三、これからは社会のために的展開
　である。

子どもは結婚しなくてもできる。男が提唱することに従うしかできない女は妻になるべきではないし、男が提唱することに従うばかりの女じゃないと家庭生活を営めないような男は夫になるべきではない。独身であっても社会に貢献するのが当然であって、そういう心構えがなかったものは結婚したって社会に貢献などしない。

あと、妙なたとえ話や格言も、できればやめてほしい。「結婚生活を持続させる秘訣《ひけつ》は、『勇気、根気、呑気《のんき》』と言いますが」とか、ホントに意味わかんない。「離婚交渉にあたる際の心得」だと言われたほうがしっくり来るぞ、それ。

しかしそうなると、結婚披露宴で語ることってなにもなくなっちゃうんじゃないか。そんな懸念《けねん》もたしかに生まれる。お祝いの場にふさわしい特技でもあればいいのだが……。皿まわしとか、マイウェイ熱唱とか。無芸の身には、なかなか高いハードルだ。

いっそのこと、スピーチっていう慣習をなくしたらどうか。出席者が出し物をしたりスピーチをしたりというのも、わかるようなわかんないような、曖昧《あいまい》な決まり事だ。一掃しちゃっても、かまうまい。

かわりに、出席者が資金を出しあい、めでたい出し物をしてくれるプロの芸人さんを呼ぶ。全員参加型がいいと言うなら、新郎新婦と出席者たちが一枚ずつドミノを持ち、披露宴の時間内に会場の床に巨大ハートマークを作る。なかに絶対、作成途中にドミノを倒しちゃうやつが出て（酒で手もと不如意《ふによい》になった私だ）、会場中から非難囂々《ごうごう》。「めでたい席で、喧嘩《けんか》はやめよう」「時間がないぞ。気を取り直して、もう一度頑張ろう！」。また黙々とドミノを並べだす一同。ついにハートマークが完成。宴のしめくくりとして、新郎新婦が花で飾られたステッキかなんかで、ドミノの一端を押す。パタパタパタパタと倒れるドミノ。拍手。ええ話や。

これだけ言っても、スピーチのほうがいい、と主張するひともいるんだろう。そこで、転ばぬ先の杖《つえ》。「地雷を踏まないスピーチ」を考案してみる。

○○さん、××さん、ご結婚おめでとうございます（↑結婚はあくまで個人の意志によって執り行うものであるのだから、両家のみなさまへおめでとうを言いたい人情は、ぐっとこらえる）。ドミノも着々とできあがりつつありますが、僭越《せんえつ》ながらここで祝辞を述べさせていただきます（↑床に這《は》いつくばった状態でスピーチしてるのである）。あ、拍手はけっこうです。ドミノを倒さないよう、みなさま作業に集中してください（↑みなさまも床に這いつくばっている）。

私が○○さんとはじめて会ったのは、高校の入学式から一週間経《た》った日のことでした。同じクラスなのに、それまで○○さんの顔を見たことがなかったのは、○○さんが他校との喧嘩に明け暮れ、ほとんど学校に来てなかったからです（↑おためごかしのプロフィール紹介はしない。ざっくばらんに○○さんの人物像を語ろう）。○○さんは近隣でも札付きのワルとして勇名を馳《は》せており、その朝、たまたま○○さんと同じバスに乗りあわせてしまった私は、正直言ってうつむきがちでした。あ、制服につけたネームプレートで、「これが噂《うわさ》の○○さんか」とわかったのです。「さすがに、たいした面《つら》がまえだな」と思いました（↑このように、○○さんを褒めることも忘れずに！）。

ところが、びくびくしながら様子をうかがっていると、○○さんは、乗ってきたお婆《ばあ》さんにサッと席を譲ったではありませんか（↑わかりやすい感動エピソードはスピーチの要《かなめ》）。○○さんの優しさは無論、××さんをはじめ、ここにお集まりのみなさんがすでにご存じのことでしょう。私もそのとき、安心して○○さんに声をかけることができました。すると○○さんは、同じクラスであることを説明する私の言葉をさえぎり、「弁当持ってたら、くれねえ？　腹減って死にそう」と言うのです。小さなことにこだわらず、だれとでもすぐ打ち解けられる、○○さんの面目躍如といったところです。それからの三年間、私は○○さんに自分の弁当を提供しつづけました（↑べつにカツアゲされてたわけじゃないですよ……ええ……）。○○さんはいつも、「うまいうまい」と言って気持ちよくたいらげてくれました。

私の持参する弁当を主な栄養源に、成長期を乗り切った○○さん。本日、ご結婚の運びとなり、本当に感無量です（↑スピーチ的文言を考えるのが面倒くさくなってきた）。どうぞお二人とも、いつまでも幸せにお暮らしください（↑面倒なあまり、すっごいなげやりな締めの言葉になってしまった）。

ああ〜、「政治的に正しい披露宴のスピーチ」って難しい！　地雷を踏みまくったスピーチなら、百通りぐらい書けそうなのに！　やはり結婚披露宴という催し自体が、「政治的に正しくない」要素を多大に含みがちなものだからなのか。そんなこと言ったら、日常生活そのものも営めませんが。悶々。

そろそろ血管が切れるころ

プンスカしやすい体質だということは、自覚していた。自分ではそれをうまく隠しおおせていると思っていたが、実は周囲のひとにバレバレだったということも、最近自覚した(遅い)。そして新たに判明したのは、どうやら私は、けっこうバトルする回数が多いらしいってことだ。

単純に言うと、クレーマー？　いやだ！　クレーマーにはならないようにしようと思ってたのに！　腹が立っても百回に九十九回は我慢してるつもりだったのだが、腹が立つ頻度自体が高いため、フツーに腹を立てるひとの感覚からすると、三回に一回はバトルに持ちこんでるように見えるかもしれない。導火線のない爆弾とあだ名されたり、そこらへんの昆虫よりも生命力が強いと称されたりする、我が友人たちの壮絶なるバトルの数々を見聞きしてきたので、私なんてまだまだ実行力のない甘ちゃんだと思っていたが、いけないいけない、気をつけなきゃ。

なにを基準に怒りを表明するかは、すごく難しい問題だ。怒りを爆発させるタイミングも、引き際《ぎわ》の見きわめも、何度やってもうまくいかない。そんなに何度も怒りを表明してるのか。うん。

言っても通じなかったり、最初からこっちの言うことになど耳を傾けたくない、という相手に対して、いつまでも怒りを持続させるのはむなしい。直接的に怒りを相手にぶつける場合は、感じた理不尽について、なるべく論理的に「こうこうだから、あんたの言いぶんはおかしいだろ」と説諭（？）するよう心がけているが、怒ってるときに論理的に説諭なんてできるもんじゃない。だいたい、怒りをぶつけあうのに「論理」などと言ってるようじゃあ、すでに負けなんだよな。

近ごろもバトルに踏み切ってはみたものの、まだまだ怒りのテクニックに欠けるわ、と痛感したのだった。テクニックを磨くよりも、人格的な円熟を目指し、頻繁にプンスカしないようにしろよな、とも思う。

それでここのところ、反省の日々を送っていた。常に菩薩《ぼさつ》のような半眼になって、滅多なことでは激することのないよう、己れを戒めていた。でも、駄目だったのだ。

祖母の米寿の祝いがあり、親戚《しんせき》一同が久しぶりに集まった。当然、両親と弟と私も参加することになったが、道中も、泊まったホテルの部屋でも、家族がみんなてんでんばらばらに、いろんなことに怒りっぱなし。もしかして、カッとなりやすいのは血筋なのか？　顔はものすごく薄いのに、血液だけは情熱的なラテン人なのか？

会場は山のなかにあるホテルで、家族四人で車に乗って向かった。まず、高速道路を運転中に、父親がプンスカしはじめた。ウィンカーを出さずに車線変更したり、車間距離をあまり取らない車を目にするたびに、「くそ」とか「どういうことだ、まったく」とか言うのだ。黙って運転しろ。前々から、「このひと、ハンドルを握ると人格が変わるほうだよな」とは思っていたのだが、年を取ったせいなのか、プンスカしはじめる基準値が下がってきている。

もちろん、ほかの三人は父の怒りなど無視する。母と私は後部座席で、おにぎりを食べたりしていた。すると母が突然、「あー、腹立つことがあったのよ！」と吼《ほ》えた。ビクッとなったけれど、助手席の弟は妙な裏声ロックを聴くことに夢中だし、父はあいかわらず「くそ」って言ってる。母の視線は、私をとらえている。しかたなく、「……なあに？」と話のつづきをうながした。

「このあいだ、ロマンスカーに乗ろうとしたの（ロマンスカーとは、小田急線の特急の名前だ）。ロマンスカーって、全席座席指定でしょ？　切符を見たら、八号車のまえのほうだったのよ。それで、七号車のうしろのドアから乗ったほうが座席に近いなと思い立って、ロマンスカーがホームに来たのと同時ぐらいに、七号車のドアのまえに移動したの。そしたら、そこには四十代ぐらいの夫婦がいて、ロマンスカーに乗りこもうとしてた。その夫婦は、移動してきた私を見て、『おばさん、順番守れよな』って言ったのよ！　私は割りこみ乗車しようという素振りなんて見せてなかったし、第一、座席は決まってるんだから、我先にと乗る必要もないわけでしょ？　それなのになんでいきなり、あんな失礼なこと言われなきゃならないわけ？　だいたい私、おばさんじゃない！」

いや、おばさんだろ。上記の「　」内の母の発言は、これでも短縮し、整頓《せいとん》した要約文なのだ。すごーく長い母の怒りの回想に耐え、彼女の一番の怒りポイントが「おばさん扱いされたこと」だと知ったときの、私の脱力感……。

「『ババア』と言われなかっただけでも、よしとしなよ」

となだめても、

「納得いかないわ。なんだったんだろ、あのひとたち」

と母は怒っている。

たぶん、ドア前に移動してきた母の勢いがすごかったんだろう。もしくはその夫婦は、直前まで喧嘩《けんか》していて、虫の居所が悪かったんだろう。まあ、いくら「割りこみされそう」と認識したとしても、フツーは見ず知らずのおばさんをいきなり「おばさん」呼ばわりできないとは思うけれどな。怒ってばかりの私が「フツー」を語っても説得力ないが。

でも、わかったぞ、と思った。私の両親、社会の決まり事（交通規則や整列乗車推奨）を順守する派なんだ。だから、決まり事をちょっと破ってるひとや、決まり事を破るような人間だと誤解されることに、すごく敏感な反応を示しちゃうんだ。

その傾向は私にもある。自分だって万全に決まり事を守ってるわけではない。むしろ、トンチンカンなことを平然としてる割合は、ほかのひとに比べて多いほうのような気がする。にもかかわらず、変な正義感を振りかざしたり、わけのわかんない義憤に燃えたりするって、おかしいだろ。ぶるぶるぶる、気をつけねば……！

ますます己れを戒め、親戚のチビッコたちを観察する。おもしろいな、チビッコ。テントウムシ柄の小さなボールを投げあい、わいわいと遊びまわっている。なによりびっくりしたのが、私の弟にも果敢にちょっかいをかけるところだ。弟は、和室で宴会状態になってるというのに一人静かに端座し、半ば瞑想《めいそう》状態である。ところがその弟に対して、チビッコたちはボコンボコンとボールをぶつけ、キャッキャッと喜ぶのだ。

あわわ。そのひと、おとなしそうに見えるのかもしれないけど、実は猛獣だから！　特に老人と子どもが大の苦手な、キレやすくて意地悪なやつだから！　いつ弟が反撃に出て、チビッコを大泣きさせるかと、こっちは気が気じゃない。

弟はボコッとまたもや側頭部にテントウムシ柄ボールをぶつけられながら、私に話を振ってきた。

「ブタ、俺は最近、近所の体育館で筋トレしている」

「ええっ。なにゆえに？」

「もちろん、モアベターなプレーをするためだ」

はあ、モアベターですか。弟はバスケに熱心で、肉体鍛錬大好きっ子なのだ。

「だが筋肉って、どう頑張っても年に二キロしか増えないらしい」

と弟はつづけた。「最終的には、体重七十キロになることを目指してるんだが……」

「あんた、いま何キロなのよ。七十キロになるころには、肉体のピークが過ぎてるんじゃないの」

「ああ、そこが問題……」

と言ってるあいだにも、ボールは弟にぶつかっていたのだが、ついに弟のかけていた眼鏡が吹っ飛んだ。あわわわ、まずいよ！　チビッコたちは「わー、眼鏡取れた！

わー」と笑いさんざめいている。

「うん、取れたな」

弟は抑揚に欠ける口調で言い、畳に落ちた眼鏡を拾ってかけ直した。そして転がっていたボールをつかみ、チビッコたちのほうへ向き直る。あー、手首にスナップきかせようとしてる！

「いやいや、待って待って。死んじゃうから！」

なんとか押しとどめ、穏便にボールを投げ返させる。チビッコたちは遊びに参加してくれたと思ったのか、より一層、ボールをぶつけてくる。

「なんなんだ、あいつらは。なぜ俺に絡《から》もうとする」

「この部屋のなかで、あんたが浮いてておかしいからだよ」

弟は諦《あきら》めたのか、あとはただひたすら黙然と、ボールの的になっていたのだった。

弟はどんなときに怒るのだろう。わりといつも怒ってるような気もするけれど、激昂《げきこう》してるところは、実はそんなに見たことがない気もする。

そんなことを考えていた私だが、答えはすぐに出た。その夜、両親と弟と私は同じ部屋で眠った。洋室で、壁際《かべぎわ》にベッドが二台ずつならんでいる。弟と私は隣あわせのベッド、父と母は向かいの壁際に並んだベッド、という布陣だ。

最初からいやな予感はしていたのだが、案の定、父のいびきがものすごかった。母もそれをたしなめるどころか、いびきの二重奏だ。息の合った夫婦でなによりだな。一時間おきに大音声《だいおんじょう》のいびきで目が覚めることになった。うーん、眠れねえ……。もぞもぞしていたら、隣のベッドから「シュッ」と空気を切る鋭い音がした。その直後、離れたベッドでガーガー言ってた父が、「ふがっ」と静かになった。なんだ？と思いつつも、私はまたウトウトした。夜のあいだじゅう、「轟音《ごうおん》のいびき、シュッ、ふがっ」が繰り返された。

朝が来て、私は父の声で今度こそ完全に覚醒《かくせい》させられた。

「うわー、なんだこれは」

はだけた寝間着から太鼓腹を見せながら、父が首をひねっている。父の枕元《まくらもと》には、スリッパやらビーチサンダルやらが散乱していた。「シュッ」の正体は、寝てる父に向かって、弟が手当たり次第に履き物を投げつける音だったのだ。さすがバスケに専念してるだけあって、履き物はあやまたず、父の顔面を直撃したらしい。

「どうして寝ながらスリッパを集めちゃったんだろう」

夢遊病の気があるのかと不安になったらしく、父は私や母に尋ねてくる。母は呑気《のんき》に、「どういうことかしらねえ」なんて言ってる。いや、親に履き物を投げつける男がここに……、と私が説明しようとしたとき、隣のベッドから地を這《は》うような声が聞こえた。

「どうして、じゃねえんだよ。ホントにぶっ殺すぞ親父《おやじ》……！」

不眠症で超低血圧な弟は、大切な睡眠の機会を奪われると激怒すると判明。しかし快眠派の父にとってはどうでもいいことらしく、「履き物長者だ」などと言いながら、スリッパを履いたり持ったりして早速テレビのまえに移動。母はすでに朝ご飯の時間に気を取られている。

そうか、このメンツのあいだに、未《いま》だかつて一度も理解が芽生えたことがないのは、いつもてんでんばらばらに自分の怒りに夢中だからか。と、悟りがひらけたのであった。

さぼってたあいだにしたこと

大変長らくご無沙汰《ぶさた》してしまい、すみません。

ご無沙汰のあいだ、なにをしていたかというと……。なにをしてたんだったかなあ。ご無沙汰しすぎて、すでに記憶がうすらぼけてしまった。

うすらぼけ状態でも覚えている、町で出会った印象深いひとについて書こう。

深夜に乗ったタクシーの運転手さん。これまでもなぜか、タクシーの運転手さんに家庭の事情とか生まれ故郷の話とかをされることが多かったのだが、この運転手さんも乗って二分ぐらいしたら、

「お客さん、お盆に墓参りいった?」

と聞いてきた。俺は墓参りにいったときの話をしたい、という合図であろう。

「いいえ。盆に墓参りをしたことはほとんどありませんね」

「だめだよう、ちゃんとご先祖さまを供養《くよう》しなきゃ」

「はい。運転手さんは行ったんですね？　帰省ラッシュが大変じゃなかったですか？」

「私は木○津出身だからね。近いから楽なもんでしたよ」

と、ここから案の定、運転手さんはディープな木○津情報を怒濤《どとう》のように繰り広げた。古今の犯罪や政治家にまつわる暗黒話で、すごくおもしろくて興味深かったが省略。

「そういうわけでまあ、私は平和が一番だと、つくづく思うわけですよ」

と運転手さんは言った。唐突だな、省略しすぎなんじゃないか、と思ったかたもいるかもしれないが、実際、暗黒話をひとしきりしたのちに、唐突に「平和が一番」と言ったのである。

多少面食らったものの、もちろん平和が一番だと私も思うから、「本当にそうですね」と相槌《あいづち》を打った。

「お客さん、すごくひとの話を聞いてくれるね（それがほとんど趣味ですから）。首相が靖国《やすくに》に参拝したけど、あれについてどう思う」

ええーっ。なんで深夜の密室で、そんな微妙な政治的話題を振ってくんの！　私にも個人的な見解はあるが、はたして運転手さんはどっち派なのか？　ここは慎重な見

きわめが必要……と思っていたら、運転手さんは私の答えを待つことなく、

「私は、あれはよくないと思うんだよ！」

と言った。「やっぱりね、自分の主義主張を通そうとするばっかりじゃダメなんだよ。譲りあいとかバランスって大事でしょ。私、ある宗教の、まあいわゆる新興宗教なんだけど、それの信者なの。その教義でも言ってるよ。相手の主義主張に耳を傾け、争いを避けよ、とね……」

ええーっ。もう、「どっち派」とかの問題じゃなく、「どうすりゃいいの！」である。もしかしなくてもいま、深夜の密室で私、新興宗教に勧誘されようとしている？

「なんていう宗教なんですか」とすごく聞きたかったのだが、それを言ったら話の流れが完全に決まってしまうので、好奇心を必死に押し殺す。

「はあ、大変いい教義だと……」（ちゅどーん！　避けきれずに起爆スイッチを押してしまった）

「そうでしょう！　私はなるべく教義を実践しようと思ってますよ。とにかくね、多少不便でも譲りあって生きていかなきゃ。たとえば温暖化問題。あれを放っておいたら大変なことになるよ。千葉県が誇るディ〇ニーランドなんて、あっさり海の底だよ！　あ、この道でいいですか？　お客さんが住んでるのは、ずいぶん山のほうだか

ら、まあ水没の心配はないですけどね。だからって安心してエアコンをがんがんかけちゃだめだ。ディ◯ニーランドが沈んじゃうから！」

はい……。なんか濃いな、と思ったが、おもしろかったのでよしとする。

電車のなかでは、初老の男性にいきなり孫の写真を見せられた。

夕方だったが車内はそれほど混んでおらず、私はその初老の男性の隣に腰を下ろした。そしたら視界に、ぬっと携帯電話の待ち受け画面が突きだされたのだ。エッチな画像か？　新手の痴漢行為か？　と驚愕《きょうがく》したのだが、待ち受けになってるのは生後間もない赤ん坊の写真だった。

えーっと、と思って隣を見ると、一杯引っかけたらしき初老の男性がニコニコしていた。

「かわいいでしょ、うちの孫」

「はい」

本当になかなかかわいい赤ちゃんだったので、私はうなずいた。

「もうねえ、孫がこんなにかわいいもんだとは思わなかったよ。あなた、結婚してる？」

「いえ、してません」

「早く結婚して、親に孫の顔を見せてあげなさいよ。喜ぶよ、きっと」

「はあ……、しかしまあ、相手が必要なことですし……」

「相手なんてこの際、だれでもいい！」

と、初老の男性は力説した。「うちの娘ね、保母さんしてたの」

「だったら子どもの扱いにも慣れてるだろうし、いいですね」

「うん。それで、どこの馬の骨ともわからん男と結婚したの」

「保育士のかたと？」

「ううん、全然ちがう職業」

「はあ」（保母さんしてた、という情報はなんだったんだと思ったが、うなずいておく）

「そのときは、『なんだこの男は』と腹が立ったけど、孫の顔見ちゃうとねえ、もうどうでもよくなるよ。ま、最初っから、相手の男なんてどうでもよかったんだけど。だからあなたもね、とにかく子ども生むといいよ。親御さん喜ぶよ」

「そうですね。頑張ってみます」

「あなた、ひとの話をよく聞いてくれる子だねえ（そのときの気分にもよるが、それがほとんど趣味ですから）。たいがいは、こうやって写真を見せても『プイッ』てなもんだよ」

「いやあ、ははは……」（そりゃそうだろ！　電車内でしょっちゅう、ひとに孫の写真を見せてんのかー）

「うちの娘もね、私が酔っぱらって帰ると、孫と会わせてくんないの」

「え、じゃあ今日は会えないじゃないですか」

「うん、飲んじゃったから。へへへ。娘とはさ、面と向かってなかなか話せないもんじゃない。照れくさいし、なにを話題にしたらいいかわかんないし。あなたも父親と話なんかしないでしょ？　それが、孫ができると娘とも仲良く話せるんだよ。いいもんだよ」

いやあ、私はわりと父親と面と向かって話すけどな、と思ったが、「孫の効用」を熱心に説いてくる男性の話に、三十分ほど耳を傾けたのであった。

タクシーの運転手さん、私も謎《なぞ》の教義を実践してみましたよ！　ディ○ニーランドは沈む！　いや、なんとなく言ってみたかったの。

ではいったい、父と私がどんな会話を交わしているかというと……。

先日、本宅に行ってみたところ、父が食卓に向かって座り、「台湾先住民の神話と伝説」みたいな本を読んでいた。なんでそういう本を読んでるのかは、知らん。好きなんだろう、きっと。

またきっちり座って本を読んでやがるなあ、と思いながら、ソファでゴロゴロしていたら、

「おおっ、すごい神話があるぞ。しをん、しをん」

と声をかけてくる。

「なによ」

と返事すると、本を朗読しはじめた（以下、記憶をもとに書いてるので、正確な文言ではありません）。

「『女はブタの糞《フン》から生まれた』」

「なんでさ！」

「そう書いてあるんだからしょうがないだろう。『男はヘビだった。ヘビはブタの糞から生まれた』」

「わけがわかんない。なんでみんなブタの糞から生まれんの」

「そう書いてあるんだからしょうがないだろう。『ヘビは女に、体を洗ってくれと言った。女は汚いからいやだと断った。ヘビは怒って穴にもぐっていった。女は犬とまじわった。子どもが生まれ、増殖した（「増殖」ってすごいな）。我々の起源である』」

「どうして犬と！　穴にもぐったヘビはどこ行っちゃったの？」

「それについては触れられていない。春になったらまた出てくるから、いいんじゃないか」

「よくないよ。気になるなあ」

「おおっ、こっちもすごいぞ。『ハエがいた。ハエは卵を生んだ。その卵から人間の男女が一対生まれた』」

「もういいよ……」

「（聞いてない）『男と女は互いを見た。顔の真ん中に、棒のようなものがあった』。ふむ、鼻のことだな。『顔の両側には、キノコのような突起物があった』。……耳のことのようだ。『見たところだいたい、互いのつくりは同じだったが、男と女は全身を調べてみることにした』」

「なんか展開が読めてきたわ」

「『まず、顔にある棒のようなものを触れあわせてみた。特に快感は得られなかった』」

「なんで快感を得ることが第一の目的になっちゃってんの！」

「ふっふっふっ。『次に、キノコのようなものを触れあわせてみた。結果はまえと同じであった。最後に……』。ああっ、ここから先は、子どもには読み聞かせられない！」

「子どもにはって……、そりゃ、私はあんたの子だけどさ。読んでよ、核心部分なんだから」

「だめだだめだ、卑猥《ひわい》すぎる。ひー、すごいことになってるなあ」

なんなんだよ、もう。つきあってられん。

以上のように、つきあいがたいおっさん三人の話を聞いてあげたりしつつ、暮らしていたのである。

いいかげん大人になりたいものだ

火宅はアパートの二階にある。

夜に帰宅した私は、二階へ上がろうと、アパートの外階段の近くまで来た。すると、火宅の真下の住人がちょうど部屋から出てきた。その住人（男子学生風）と私は、薄暗いアパートの敷地内ですれちがう形となった。私は「こんばんは」と挨拶《あいさつ》したのだが、彼はなにも挨拶を返さずに、一メートルもない至近距離で私とすれちがい、去っていった。

どういうこと⁉

憤然と外階段を上がり、火宅に入った。手洗いと着替えをすませても、まだ憤然としていたので、この怒りをどこにぶつけてやろうかと考えたすえ、部屋で四股《しこ》を踏むことにした。どすこーい。

よく考えてみるまでもなく、真下の住人は外出したのだから、いまここで私が四股を踏んでもやつは痛くもかゆくもなかろうが、しかし踏んだ。挨拶を無視された怒りと恨みをこめて、ひとしきり「どすこい」してやった。

そこへ友人あんちゃんから電話がかかってきた。

「あら、あんちゃん。あたしいま、四股を踏んでたところよ！」

「ど、どうして」

「それがねえ、ちょっと聞いてよ！」

もらった電話で、いきなり自分の不平不満を訴える。私が顚末《てんまつ》を述べ終わると、あんちゃんはきっぱりと言った。

「断然、四股は踏んでやるべきです！　なにごとにも上下というものがあるのだと、思う存分知らしめておやんなさい！」

「そうだよね、『あんたの部屋の天井なんて、私の部屋の床のくせに！』って、叫んでもいいよね！」

どすこーい、どすこーい。ふう、このぐらいにしといてやるか。

「ところで、真下の住人はどういう風体だったんです？　常識で考えて、その状況で挨拶を無視するなんてありえませんよ」

「うむ。住人同士の交流はないから、ほぼ初対面だったんだが、これといって特徴はないな。中肉中背で、たとえていえば、『テニスサークルに所属してるんだけど、決して派手ではない、しかしそういうのに限って、派手なやつの尻馬《しりうま》に乗って一番いいとこ取りをしてるんだよね』というようなタイプだ」

「うわ。嫌いかつ苦手ですよ、そんな男は」

「そうでしょう？　あいつに対して私がムカつくのも、むべなるかなって感じでしょ？」

「当然です。おおいにムカつくべきですよ！」

タイプ分けに関しては、なにやらほの暗きルサンチマンが働いているようであるが、あんちゃんと私は電話越しに、「挨拶ぐらいしろー！」「無礼千万な男子めが！」と気勢を上げたのだった。

「四股を踏む以外にも、嫌がらせの方法をとりあえず百通りぐらい、デ○ノートに書きこんでやろうと思う」

「そんなに！　どの方法を選べばいいのか迷っちゃいますね」

「なあに、楽しい迷いさ。このデ○ノートは人体には無害だし、こっそり書くぶんにはかまわんだろう。俺の住処《すみか》はおまえの頭上であると、とくと思い知れテニスサークル（暫定《ざんてい》）！」

まだ言ってる。あんちゃんが電話の本題を切りだせるまで、十分ぐらいかかったのであった。しかしおかげで、私のなかの怒りは昇華した。ありがとう、あんちゃん！なんだか私、若者に挨拶して無視されることが多いな。以前はアントワネットさまに感情移入しながら『ベルばら』を読んでいたのだが、先日読み返したときには、デュ・バリー夫人が哀れで哀れで、目頭が熱くなってたまらなかった。挨拶しようよ、アントワネットさま！

しかし、かく言う私もこのあいだ、目上のかたからさきに挨拶されてしまって、自身の不徳を恥じたことがあった。国立劇場の楽屋口に立って、ぼんやりと煙草《たばこ》をふかしておったのだ。その日は国立劇場で、踊りの会の総稽古《そうげいこ》かなにかがあったらしく、着物姿の老若男女《ろうにゃくなんにょ》が頻繁に出入りしていた。

そのときも、着物をしゃんと着こなした老婦人が、楽屋口までタクシーで乗りつけたところだった。かなり高齢のかただったが、背筋がのびていて、タクシーのなかで運転手さんにお代を払う仕草もキマッている。「おお、かっこいいなあ。踊りのお師匠さんであろうか」と、なんだか視線が惹《ひ》きつけられ、彼女がタクシーを降りて楽屋口のドアまで歩いてくるのを、じっと見ていた。

すると老婦人は私の視線に気づき、「おはようございます」と丁寧に挨拶したのである。「いまは午後なのに、やっぱり『おはようございます』なのか」という思いと、不躾《ぶしつけ》に眺めていたこととが重なって、私は動揺しながらあたふたと、「おおおおはようございます」と頭を下げた。ジーンズにゴム草履を履き、ボーッと煙草なんか吸ってて、もう明らかに、踊りの関係者じゃないのに！　こんなこわっぱにすら、目が合ったら丁寧な挨拶！　「なに見てんだよ！」とすごんでもいい状況だったにもかかわらず……。

私も年を取っても、ああいうふうにありたいものだ、と激しく胸打たれたのであった。もしかしたら真下の住人も、所作の美しい私に暗闇《くらやみ》で突然挨拶され、挨拶を返すこともできぬほど動揺してしまったのかもしれないわね。絶対にちがう気がするが、なんかきっと「暗がりでばったり妖怪《ようかい》に遭遇しちゃったぜ」とか考えてるんだろうなって気がするが、そう思っておこう。

そんなこんなで、ビミョーに悟りを開ききれないままに三十歳になったんだが、まあそれはあくまで、生まれた瞬間からの年月を強いて数えればってことで、心はいつも燃えさかる十八歳だしぃ、年齢なんか関係ないっていうかぁ。……なにを言わんとしていたのだったか。そうそう、三十歳になったんだが、そのまえにはよく「三十路《みそじ》になるにあたってのの思いはあるか」と聞かれた。

私はあんまり年齢って気にしないので（いやホントに）、「特にないですねえ」と答えていた。「三十歳までに結婚したい」という願いも抱けないほど、それ関係（どれ関係だ）と隔絶しちゃってる暮らしぶりだし、心は十八歳のわりに自分の年を思い出せず、「えーい、たしかこれぐらいだったはず」と宿屋の台帳に実際より上の年齢を適当に書いちゃったりしてたし。

「若いってそんなにいいことですかね」と知人に聞いたら、十歳ほど年上のそのひとは、「そう思えるうちは、まだ若いってことですよ。ぼくなんか最近とみに、若さとはいいもんだったなと思います。徹夜もできたし、勢い（なんの？）があったし……」と、なんかしょんぼりしていた。そうなのかー、私はまだまだ若いってことなのかー、うふふ、と思った。

ところがですよ！　さっきトイレで発見したのだけど、シモの毛の何本かの根本が茶色くなってるのですよ！　これは疑いようもなく、白髪への過渡期にある毛！　がびーん！

こんなことを読まされる読者のかたこそ、「がびーん！　どうでもいいよ！」であろうが、私は大変衝撃で、しばらく便座から立ちあがれなかった。三十歳になって間を置かずに、シモの毛が白髪へ移行。がびーん！

ほんとだー、若さっていいもんだったんだー。死は少しずつにじりよってきているのだなと、シモの毛を通して実感させられたくはなかったような……。

そろそろ本格的に、「あたいの生きかたはこれでいいのか」って考えなきゃいけないんだろうが、そういうことは当然、もっとまえから考えておいてしかるべきで、もう手遅れ。いまさら考えるの面倒くさいから、パンツを上げてふらふらと近所の居酒屋に行き、ビールのジョッキを傾けてきた。

子どものころに想像していた、「ダメな大人」の典型になった感がある。

今生は手一杯

最近の更新状況の不甲斐《ふがい》なさについては、なにも言い訳しようがない。すみません。

メールやお手紙をくださったかた、どうもありがとうございます！　もう何年もお返事していない状況なので心苦しいが、もちろんすべて楽しく拝読しております。なかには、「これはお返事すべきでは……」というお悩み相談もあるのだが、そのかただけにメールを返信するのもなんだかなあ、と思い、果たせぬままだ。ここでお返事を念力で送ります。ビビビー。伝わるわけないか。

えーと、若いかたから、「三浦さんはシュミ街道を驀進《ばくしん》してますが、後悔はありませんか。私はちょっと勇気がありません」とか、「やりたいことは決まってるのですが、なかなかうまくいきません。三浦さんはフリーターをしてたときに、あせりはありませんでしたか」といった主旨の質問を、たまにお寄せいただくのだ。私だって若いけども。いや先ヨ、自分の名前の下に「(30)」って書いてあって、「ええっ？」と目を疑ったけども。そうではなくて。なんの話だったか。そう、十代のかたから、右記のようなご下問がある。

この場を借りてで恐縮だが、簡潔にお答えすると、後悔はある！　当然だ。さっき資料を探そうと思って戸棚を開けたら、倒れかかってきた漫画の山に額を直撃された。後悔するに決まっているのです。後悔が高じて、「もし自分の好物が合コンで、みんなから美しいと崇《あが》め奉《たてまつ》られるような女だったら、どんな人生が待ち受けていただろう」と想像してみるぐらいだ。むなしすぎるから、すぐやめるが。

でも、自分としては「シュミ街道をゆく」もけっこう楽しいので、「まあいいか」と思ってもいる。なので、無理して勇気を振り絞る必要はないが、無理してシュミを我慢する必要もなかろう、と思うのであります。「まあいいか」を標語に（？）、心と流れのおもむくままに行ってみてください。後悔します。ダメじゃん！　うそうそ、それなりに楽しく暮らせるはずです。

それから、あせりはある！　当然だ。アンケートなどの職業欄に丸をするとき、「自営業」なのか「フリーター」なのか迷う。あせるに決まっているのです。あせりが高じて、「ボーナス……」と夢のなかでもつぶやいているぐらいだ。でも、たとえボーナスをもらえる職業に就いたとしても、人間、あせりからは解放されないのであろう。

　やりたいことが決まっているだけでも第一関門突破なので、あとは流れのおもむくままに（またか）過ごすのがよかろうと思うのであります。でも、大福をかじりながらボサッと待っていても逆にストレスが溜《た》まる、という場合は、自分なりに行動に移すと吉だろう。

　須藤元気《すどうげんき》の『風の谷のあの人と結婚する方法』（ベースボール・マガジン社）を読んだら、「手帳に、夢を叶《かな》えるために必要な順序や段階、準備の予定などを具体的に書き込むとさらに効果的です」と書いてあった。すっごいマメなひとなんだなあ、と驚いた。ちなみに、やや斜めな思いで手に取った『風の谷のあの人と結婚する方法』だったが、「ほうほう、なるほど！」とガッツンガッツン読んでしまった。弱ってるのか、私。そうではなくて。なんの話だったたか。

　そう、「行動に移す」というのは、なにかを作りたい場合には、実際に自分なりに作ってみる、ということだ。「ビルを作りたい」とかですと、自分なりに実際に作るのは不可能なので、設計図を描く、ということになりますが。「この職種に就きたい」という場合には、すでにその職種に就いてる先達に話を聞く、とか。その際に、必要ならば自分なりに作ってみたものを見せて、アドバイスをもらうのも有効かもしれない。あと大事なのは、第三者に客観的な意見を求めることだ。私は友人や家族から、「あんたは絶対に会社勤めに向かない！」と言われつづけ、自分ではそんなことないだろうと反発していたのだが、どうも向いていないかもしれないと「(30)」近くになってようやく認識した。

なりたい職業に向いているかどうかはわからないし、なりたい職業になれたからといって幸せになれるとは限らない。夢をぶち壊すような発言で申し訳ない。しかし真実だ。だからこそ、気楽にいろんな角度からの視点をもって、納得いくまで取り組まれるよう願いまする。

ちっとも簡潔じゃないうえに、屁《へ》のつっぱりにもならん答えになってしまった。私は「答え」を出すのが苦手である。得意なのは、「まあいいか」と「なんとなく」だ。こんなことでいいのか、と思いもするが、『風の谷のあの人（以下略）』に「頭で考えることではなく感じることです」と書いてあったので、なんとなくまあいいかという気分になった。弱ってるのか、私。

さて、そんなある晩、友人あんちゃんから電話があった。

「もしもしー。今日、私は『ガラスの仮面』の名シーンを思い出して、新宿駅で一人ニヤニヤしてしまったよ」

「ふんふん、どのシーンを思い出したの？」

「マヤが『椿姫《つばきひめ》を見にいける！』って思うところや、マヤのお母さんがマヤの出演する変な冒険映画を見ながら死ぬところや、『マヤ！　人形がまばたきしますか！』ってところや、真澄さんがマヤの服をビリッて破いたらマヤがウッてなるところや……」

と、あんちゃんは延々と語った。「（大幅に中略）月影先生が『おまえさま……』って壮大な背景のもと、全裸で抱きあうところなどです」

「ごめん、わかった」

と私は言った。「どのシーンもなにも、『ガラかめ』はすべてが名シーンだった」

「うん」

あんちゃんは息切れしている。「仕事中にもしょっちゅうニヤつきながらボーッとしてるもんで、同僚から『あんちゃんさん……？』と怖々と呼びかけられる始末で」

「そのたびに厩戸王子《うまやどのおうじ》みたいに、離脱していた魂が『ハッ』と体内に戻るわけだね」

「そうそう。『ちょっとうるさいぐらいだ』と、足もとの下等霊（ニヤつきの原因）を振り払う日々ですよ」

「あんちゃんさあ、『楽しそうだね』って言われない？」

「私もなんだよ！　そのたびに、なんだか釈然としない思いがあってさ」

「『いっつも楽しそうでいいね。恋愛関係はなんかないの？』とか」

「ない！　そんなことにうつつを抜かしてる時間はない！」

「ということを、なかなか理解してもらえないんですよね」

　私たちは「はあ」とため息をついた。

「ねえ、あんちゃん。たとえば一生妻帯せず禅の道を極めた高僧は、『たいしたおひとだ』と人々に称《たた》えられるよね。『宗教』が『漫画』になっただけで、私たちのやってることも高僧と変わらないと思うんだけど」

「そうですねえ。お坊さんに向かって、『恋愛関係はなんかないんですか？』と聞くひとはそういないのに、なぜ私たちに恋愛について話を振ろうという気になるんだろう」

「（それなりに）若い独身の女に対する礼儀だとでも思って、気をつかってくれてるのかしら。そんな気づかいは無用かつ的はずれだ！　私たちはそろそろ悟りをひらけるぐらいに、ストイックに漫画にすべてを捧《ささ》げている！」

「さびしい地平に到達しそうですね」

「よく言われる」

「このごろよくわかるんだけど、たぶん、悟りをひらいた高僧もさびしかったと思う。『こんなはずではなかったのだが、悟りをひらくというのはさびしいことなんだなあ』と思ったと思う」

「でも、べつの生き方はできないのですが」

「いまさらべつの生き方をするというのは、これまでの自分を全否定することにもつながるからな」

「……」

「……」

「しかし、たとえば私たちにとっての漫画みたいなものがないひとは、いったいどういうふうに日常を送ってるのかな。時間をもてあましたりしないんでしょうか」

「もてあますんじゃないか。だから、『楽しそうでいいね』発言につながるんだろう」

「甘い！」

「まったくだ！　厳寒の日に裸足で長時間座禅を組む坊さんに対して、『楽しそうでいいね』と言うようなもんだ。すべてを賭《か》けてたったひとつのことに取り組んでいるものに対して、失礼じゃないか！　悟りをひらく覚悟があるのか、と問いたい。こちとら、恋も親孝行も捨て去ってさ、常に一期《いちご》一会《いちえ》の真剣勝負で漫画読んでるのにさ

（嗚咽《おえつ》）」

「親孝行はともかく、恋は楽しいのかもしれませんよ。夢中になってるひとが多いところを見ると」

「そんなもんは、来世にすればいい！」

「うん……」

「……」

「……」

沈黙はつづくのであった。

桃色禅問答

今年のファッキンクリスマスなのだが、ついに私は解脱《げだつ》した。ラブラブの彼氏と過ごし、ファッキンクリスマスをメリークリスマスに変えられたわけではもちろんない。ファッキンクリスマスの存在自体を、忘れるに至ったのだ！　無の境地ってのも、あれでしょ？　自分が無であることも忘れるほどの無なわけでしょ？　たぶんそれと同じ回路が拓《ひら》けたね、うん（えらそう）。

十二月二十三日に、古本屋さんで同僚だったみなさんと忘年会があった。私たちは総勢十人ぐらいだったのだが、その日、居酒屋は大繁盛《はんじょう》しており、四畳半程度のスペースで鍋《なべ》をつついた。狭いよ、これは狭い。しかし楽しく飲んだり食べたりしゃべったりしていた。通路を挟んだ向かいの部屋には、ものすごい盛り上がりを見せる一団がいて、声だけが聞こえてくる。何度も「かんぱーい！」と叫んでいるのだ。

「……あのひとたちは、さっきからなにに対してあんなに頻繁に乾杯してるんですかね」

「うーん、天皇誕生日じゃないか？」

「あー、そういえば、旗立ててる家があった」

「えっ。いまどき祝日に旗を立てるおうちってあるんだ！」

などと、私たちは彼らの盛り上がりを怪訝《けげん》に思いつつも、バケツのようなピッチャーに入ったビールを飲み干していた。すると、向かいの部屋から決を採る声が聞こえてきたのだ。

「サンタクロースが実在すると思うひとー！」

「はーい！」

便乗し、私たちもいっせいに挙手する。挙手してから、

「そっか、クリスマスですよ！」

「クリスマスに乾杯してたのか！」

「まあ、サンタも陛下も高齢かつ人々に尽くしているという意味では同じような……」

「あわわ、あわわ」

と、ひとしきりざわめく。十人いて、だれもクリスマスイブだということに気

づいてなかったところが怖い。

「けっ、クリスマス」

と女犯坊が言った。「俺なんて『やーつー』と『ぎーそー』の日々ですよ」

「なんなの、それ」

「業界用語です。『やーつー』は通夜《つや》。『ぎーそー』は葬儀です」

「坊主《ぼうず》業界用語かよ!」

いっせいにツッコミが入る。

「いやいや、坊主もけっこう気を使うものなんですってば! たとえばこういう居酒屋で、通夜や葬儀の話はしにくいじゃないですか。それで、坊主とばれないように、いろいろ業界用語があってですね……」

「そのツルツルに剃《そ》りあげた頭で、坊主ってのはバレバレじゃないのか?」

と、ふーみんさん。もっともだ。

「ところで女犯坊、お兄さんは結婚なさったの?」

と私は聞いた。女犯坊の兄もお坊さんで、寺の跡取りなのだ。

「いや、まだっす」

「ふふふ」

と、また挙手する私。「よろしかったらここに、うってつけの人材がおりますことよ。正座は五分とできず、漢文も苦手で梵語《ぼんご》はもちろん読めないけれど。あと容貌《ようぼう》と気だてにも難があるけど、毎日楽しく暮らすことには自信あるわ！　義姉弟になりましょうよ、女犯坊！」

「あー、いいっすね。兄が結婚しないと、俺の番がまわってこないし」

と、女犯坊。「三浦さんはそのまま火宅にいてくれていいですから、とりあえず形だけ結婚ってことで」

「どういう意味じゃぃ！」

「いやあ、三浦さんに寺に来られても……」

「表出ろや、ごるぁ！」

「まあまあ、まあまあ」

鍋の熱気でむんむんなうえに酒もまわってきて、いい塩梅《あんばい》にわけがわかんなくなっている。

「そんなことより（そんなことってなんだ、失敬な！）、俺、最近気になってることがあるんですよ」

女犯坊がため息をついた。

「なあに？」

と、心はすでに翌日のディープインパクト（競走馬の名）に飛んでいるMさんが尋ねる。

「実は……、うちの住職（女犯坊の父）、ゲイかもしれないんです！」

ブーッと酒を噴く一同。

「な、なんでいまさら」

と、あんちゃんが冷や汗をぬぐう。「女犯坊と女犯坊兄という子どもまでもうけておきながら。しかもしょっちゅう、東京の片田舎から銀座まで夜遊びにいってるんでしょ？」

「ま、子どもの有無はあまり関係ないしな」

「銀座のどこで夜遊びしてるかは、謎《なぞ》なわけだし」

と、またもざわめく私たち。

「どうして、住職を『ゲイかも』と思ったの？」

と私は聞いてみた。女犯坊はややうつむき加減になった。

「俺だって信じたくないですよ。でも……、母が言うんです！『あのひとゲイじゃないかしら』って！」

「うわあ……」

「それはまた、余人の反論を許さぬ説得力が……」

やーつーのごとき雰囲気になる四畳半のスペース。女犯坊を除く全員が震えているのは、哀《かな》しみのためか笑いをこらえるためか。

「恐ろしくて、母にはそれ以上深くつっこんで聞けませんでしたよ」

と女犯坊は肩を落とす。「それで俺、住職の行動をさりげなく探ってみたんです。そうしたらば……」

「うん？」

「なにか証拠があったの？」

「ありました！　やつは……！」

女犯坊はキッと顔を上げた。「やつは出張の際に、必ずウォシュレット付きのホテルに予約を入れているんです！」

「アホかー！」

罵声《ばせい》が渦巻いた。

「ウォシュレット付きだからなんだというんだ！」

「単に痔《じ》持ちというだけじゃないのか、それ！」

「そこでーす！」

と女犯坊は叫ぶ。「痔持ち！　なんで痔持ちになったのかっつう話ですよ！」

今度の反応はさまざまだった。

「うーむ、ちょっとリアルに想像してしまったぞ……」

「素直に便秘気味ってことでいいんじゃないの⁉」

「いや待って。たしかに私は、ホテルを決めるときにウォシュレットを重要視はしませんよ」

「だからそれは痔持ちゆえに……」

「住職、なんで痔持ちになったんだ！」

不毛すぎる堂々めぐりであった。

「ますます女犯坊の寺に嫁ぎたくなったなあ」

と私は言った。「わかってるね、女犯坊。来年のきみの使命を！」

「わかってます。住職のゲイ疑惑を解明することですね？」

「うん。はっきりしたところで、私が寺へ嫁入りするから」

「いえホントに、火宅にいてくれてオッケーっす」

「表出ろや、ごるぁ！」

その後、火宅に帰った私とあんちゃんは、録画してもらったドラマ『のだめカンタービレ』のＤＶＤを朝まで見つづけたのだった。

あんちゃんはそのまま仕事に行き、私もそのまま仕事した。そういえばサンタクロースの話をしたような……？　と気づいたのは二日後ぐらいのことだった。

ありがとう、解脱！　みなさまもよいお年をお迎えください！

このごろのあんちゃんと私

友人あんちゃんが火宅に遊びにきてくれた。

ビールを各自一リットルほど飲んでから、あんちゃんの手みやげの白ワインに移行する。ドイツの白ワインだそうで、辛すぎず、かといってベタつく甘さもなく、すっきり爽《さわ》やかだ。

「いくらでも飲めそうな味だのう」

「白ワインはドイツだ、とアントワーヌさま（『執事の分際』よしながふみ）もおっしゃっていた」

「そうだったな。『ドイツの白ワインは世界一！』。シュトロハイムを気取ってみたが、どうかね」

「ごめん、『ジョジョ』にはあまり詳しくなくて……」

などとしゃべりながら、深夜の酒盛りはつづく。

「そういえばこのあいだ、ギャルの会話を盗み聞いたよ」
と、あんちゃんは言った。某女子大の近くを歩いていたら、キャピキャピと笑いさんざめく新入生らしきギャル二人がまえにいたのだそうだ。あんちゃんはもちろん、二人の背後に不自然なほど接近し、耳をそばだてた。以下、あんちゃんが再現してみせた二人の会話。
ギャルA：「あたし、この大学を選択して、ほんっとによかったと思う」
ギャルB：「あたしも、あたしも！　幅が広がるっていうかぁ」
ギャルA：「そうそう！　だってさ、共学で名の知れた大学に入れるほど、頭よくないしぃ」
ギャルB：「べつにそんなにベンキョーしたくもないしね」
ギャルA：「うん。それに、共学に行ったら、男子がいるもん！　そしたら絶対、身近にいる同じ大学の男子を彼氏にすればいいや、ってことになっちゃう。だめじゃん？」そんな志の低い選びかたって！」
ギャルB：「わかる！　手近なところで妥協しちゃったら終わりだよ！　女子大だと、いろんな大学の男子と知り合えるじゃん。楽しいよね！」
ギャルA：「おしとやかな感じに、『○○女子大です』って言うと、イイ男がいくらでも寄ってくるしぃ。選ぶ範囲が広がって、ほんとにいいよ。女子大サイコーだよ！」

「どうです、すごいですよね」

と、声色を使いわけて再現を終えたあんちゃんは言った。

「すごいな……」

と、私も言った。「『選択の幅が広がる』って、そういう意味でなのか。まだ二十歳にもなっていないだろうに、ものすごい戦略家だ」

「狩人《かりゅうど》だよ！　アマゾネスだよ！　って、私も聞いてて度肝を抜かれました」

「いったいギャルズは、なにを目的に脳内を桃色に染め抜いているんだろうね。イイ男をゲットして、それから……」

「鬼籍に入るんじゃないですか」

「やはりそうか」

とうなずきかけて、「いや、それちがうだろ！」と私は叫んだ。

「いきなり鬼籍に入っちゃまずいよ！　そのまえにべつの籍を入れたりとか、もっといろいろあるだろう」

「いろいろあったところで、いずれはだれしも鬼籍に入りますよ」

あんちゃんはやさぐれているもようだ。

「まあなあ。狩場がどこにあるのかわからぬままに、齢《よわい》を重ねてしまったしなあ。戦略を練ろうにも、定石すら覚える機会がなかったし」

「ほかの戦略なら、いくらでも練ることができるんですけどね。『A書店でこれとこれを買って、しかしA書店は、このジャンルの品揃《ぞろ》えが悪いから、それはB書店で購入することにして、さて最短で無駄なく両書店をまわれる経路は……』とか」

「……まあ飲もうや」

「うん……」

「狩場と言えばね」

沈鬱《ちんうつ》なムードを破るべく、新たな話題を提供することにした。「先日、サファリパークに行ったのだよ」

「楽しそうではあるけれど、なんで子どもづれでもないのに、いい年してサファリパークに行ってるんですか」

「なんとなく、気分転換になるかなあと」

「はあ。それで?」

「ライオン号（バス）に乗ってね。間近で動物たちを眺められるんだよ。あれはいいものだね。ま、動物たちは暑さでへばってはいたが、それでも客の持つ餌《えさ》を目当てに寄ってくる。キリンとかラクダとか、無尽蔵に餌を欲しがるんだ。バスに乗りあわせた子どもたちのなかには、彼らの狂気じみた食欲に泣きだすものもいた」

「サファリパーク側では、餌をやってないんですかね？」

「うむ、それが気になるところだ。鹿《しか》などは勝手に繁殖しちゃうらしく、無数にいるんだよ。体の大きなやつは、積極果敢に客の与える餌を食べるんだが、小さくて気の弱いものは、どうしても競争に負けてしまうようでね。力つきたのか、木陰でぐったりしてたりするんだ。富の分配が平等になるよう、人為的な調整がちゃんとなされているのかどうか、気の揉《も》めることだ」

「どこの世界も、弱肉強食ですね……」

　あんちゃんはうつむき加減になる。

「あわわ。そうだ、ライオンも見たぞ。雄ばかり三頭いてね。一頭は悠然とそこいらをのし歩いているんだが、残りの二頭は仲がいいらしく、しきりにじゃれあっていた。正面から抱きあう形でごろごろ転げまわったり、大きな猫みたいだったたな」

「餌あげましたか」

「あげるわけないだろ。いくら猫っぽいとはいえ、やつらの餌は私たちなんだぞ」

んよ」

「もういっそのこと、ライオンの餌になるぐらいしか、この身の振りかたがありませ

「あわわわ。しかし次の瞬間、車内が凍りついた。遊び疲れて寝そべった一頭の背中に、もう一頭がぺったりとのしかかったんだ」

「交尾⁉　雄同士で？」

「いや、じゃれてただけだと思うが、子どもが『あれ、なにしてんの？』とか無邪気に質問を発してさ。『な、なんだろうね』と親がまごついていたよ。野生を謳《うた》い文句にするだけあって、気の抜けない危険地帯だな、サファリパークは。私は満喫したが」

「ラ、ライオンにすら負けた……！」

あんちゃんは聞いちゃあいない。ギリギリとハンケチを嚙《か》みだした。

「どいつもこいつも、脳内桃色のピンクパンサーになりおって。ちえぇ……！」

だから、じゃれてただけだってば（たぶん）。あと、パンサーは豹《ひょう》ですよ。しっかりしてー。

なんでもベスト5

宝くじで一億円当たったらなにをする?

まず、一億という金の単位にピンとこない。畢竟《ひつきよう》、「なにをする?」と聞かれても、具体的な答えが出ないのであった。そんな私は、たぶん下記の五通りのいずれかの方法で、一億円を消費してしまうのであろう(浪費とも言う)。

【1位】銀行に預けておく。

しかも普通預金で! 財テク(死語?)とか投資とか、そういう気の利《き》いたことはできない。六本木ヒルズの住民になるまでの道のりは遠い。遠くてかまわん!

【2位】日々の生活費にあてる。

預けた一億円を少しずつ引きだし、スーパーでお肉を買ったりする。牛肉を買う頻度が上がるかもしれない(うっとり)。

え、「もっとドカーンと使え」って？　なにをおっしゃるのかね。この稼業《かぎょう》はミズモノなので、堅実な生活と貯蓄を第一とせねばならんと、一族の長老から常日頃言い聞かされているのだ。おいおい、嘘《うそ》つくなよ。長老なんていないし、「一族」と言うほど親戚《しんせき》づきあいもないだろ。日本で一族を名乗っていいのは、柳生《やぎゅう》家と犬神家ぐらいだ。

……なんの話だったっけか？　そう、お金は大事にしなきゃいけないので、不労所得である一億円は生活費にまわし、おかげで浮いた稼ぎは老後に備えて貯蓄する。

こんなに不摂生な日々を送っていたら、「老後」なんてなさそうだがな。あ、でも、一億円のおかげで牛肉を買えるようになったら、そのぶん長生きできて「老後」も発生するかもしれないな。……そう考えると、一億円が手に入るってのも、痛し痒《かゆ》しだ。

【3位】ＢＬ図書館建設にあてる。

堅実を旨《むね》としてはいるが、ドカーンと使いたくなることもある。そんなときは、迷わずＢＬ図書館建設だ。ずらりと並んだＢＬ漫画とＢＬ小説。もちろん執事風の図書館司書が、あなたのお探しのＢＬがある棚まで案内してくれます。日曜日にはチビッコに向けて、イケメンたちが繰り広げるBLショーも開催するよ！　読書離れが進んでいるという若年層へのアピールも、これでばっちりだね♡

しかし、一億円でたりるのか？　ケチケチせずに、前後賞含めて三億円おくれ！

【4位】図書館併設の物陰カフェ開店。

もちろんBL図書館には、物陰カフェが併設されている（物陰カフェがなんなのかについては、『桃色トワイライト』をお読みください。CMでした）。BLの物色に疲れたら、このカフェでぜひ、喉《のど》と心の渇きを癒《いや》してほしい。カフェの収益から、新たなBL本の購入、収蔵図書の管理、執事やイケメンたちの給料などを賄《まかな》います。

みんな、セルフサービスでどんどんコーヒーを飲もう！

【5位】持ち逃げされる。

軌道に乗ったかに見えたBL図書館および物陰カフェ。しかし、筆頭執事の浅倉（75）によって、運営基金が持ち逃げされる。

「まさか、浅倉さんが⁉」

「どうしてだ、浅倉さん！」

思いがけない造反に、悲嘆に暮れるイケメンたちと館長（私だ）。

「あっ、ここに浅倉さんの置き手紙がありました！」

「西田東《にしだひがし》先生の漫画に置き手紙を挟んでいくとは……。さすが浅倉、渋くていい趣味だな。どれどれ」

置き手紙を読む。そこには、

「十二歳を筆頭に、八人の子どもたちを置いて、娘がまた男と逃げてしまいました。私は孫の世話をしなくてはなりません。申し訳ありませんが、図書館運営基金を拝借します。いつか必ずお返しします。どうかどうかお許しください（このあたり、涙の跡でにじみ、正確な判読は不能）」

と書いてあった。

「浅倉さん、なんてつらい立場に……！」

「しかし、持ち逃げはひととしてどうなんだ！」

騒然とするイケメンたち。

「みんな、落ち着いて」

と私は言う。「宝くじで当たった金なんて、所詮《しょせん》はあぶく銭だったのよ。浅倉の役に立つなら、それでいいとしなくちゃ。これからは私、もっと働くから！　みんなでがんばって、ＢＬ図書館を守《も》り立てていきましょう！」

「そうだな、そのとおりだ」

「がんばろう！」

「おー！」

こうして無一文になった一同ではあるが、その後も団結してＢＬ図書館運営に生涯を捧げたのであった。

……なんの話だったっけか？

透明人間になったらなにをする？

えー……？　ふだんから透明人間なみに存在感ないからなあ。重量感はあるけども。

改めてしたいことって、思い浮かばない。あれでしょ、好きなひとの日常を盗み見るとか、金塊を盗みだすとか、服を着て道を歩いて通行人を驚かせるとか、赤ワインを飲んで食道および胃の存在をたしかめてみるとか、そういうことでしょ？　べつにしたくない。自分が透明になったことにも気づかないまま、いつもどおり一日中ゴロゴロしてそうな気がする。

だいたい、好きなひとの日常って知りたいですか？　私はあんまり知りたくない。きっと、台所のシンクに落ちたインスタントの焼きそばの麺《めん》を「とほほ」と思いながらも洗って食べたり、街ですれちがったいい女をついつい横目で追ったり、寝るまえに般若心経《はんにゃしんぎょう》を写経したりしてるんだから！　なんか哀《かな》しいじゃないか、そんな姿を盗み見ても。

……私の好きなひとって、どんなひとなんだ。

ドラえもんの道具でほしいもの

【1位】のび太。

え、のび太は道具じゃない？　まあ、そうとも言えるかもしれんな。

しかし、のび太はいい！　どうしてのび太のママが、あんなにいつも怒るのかわからん。こずるくて、取り柄は寝つきのよさで、実は自由人。心根は優しいし、ああいう息子を持ったら、毎日が楽しくてたまらなかろう。

息子は道具じゃない！　そりゃそうだ。私は子育てというものを、もう一度考え直すべきだ。

【2位】ホンヤクコンニャク。

自分にもうちょっと語学センスがあったらなあ……と、いつも思っちょります。ロケットを打ち上げている暇があるなら、ホンヤクコンニャクの開発こそをしてほしい。頼む！

【3位】どこでもドア。

酔っぱらった帰り道と、寝坊して待ち合わせに遅れそうなときは、「どこでもドア〜！」と切実に叫んでいる。叫んでも出てこない。たすけてドラえもーん！

【4位】かべ紙ハウス。

っていう名称だったかしら？　ポスターを貼《は》ると、壁の内部に部屋やお店ができる。便利だ。これがあれば、BL図書館建設も夢じゃなくなる。

【5位】箱庭。

たしか、箱庭で松茸《まつたけ》狩りをする話があったような……。スモールライトで小さくなって、箱庭のなかに入ってみんなで遊ぶ。そういう話を読むたび、わくわくした。たぶん、箱庭が好きなんだと思う。

そういえば、博物館や郷土資料館には、地形を立体的に再現した箱庭（？）があることが多い。ボタンを押すと、該当個所のランプが灯《とも》るやつ。私はあれが大好きで、まずは四方からじっくり眺め、出来をチェックする。ついでボタンを押しまくり、ランプが点《つ》くと「ふむふむ」とうなずく。たまに電球が切れていて、ボタンを押してもなにも反応がないことがある。ものすごく落胆する。

ああいう箱庭（？）を作成する会社かなにかが、どこかにあるんだろうか。ぜひ見学したいものだ。

当初は「ランキングなんて……」と思っていたが、いざやってみると楽しい。自身の内部に蠢《うごめ》くなにかが、明確な形を持って白日のもとに晒《さら》されてくる気がする。

これからは、順位付けの鬼になって生きよう。「好きなおかずベスト5」とか。

1位　揚げ物（特にエビ）
2位　天ぷら（特にエビ）
3位　刺身（特にエビ）
4位　豚の角煮
5位　なんでもいい

だから太る。ええい、うるさいぞ自分。

5位の「なんでもいい」は、考えるのが面倒になったとかじゃなく、本当になんでも好きなのだ。食べられるものならば。だから太る。ええい、うるさいぞ自分。

ついでに、「好きな主食ベスト5」だと、

1位　お好み焼き
2位　たこ焼き

3位　飯粒
4位　うどん
5位　そば

というふうになる。

じゃあ、「ちょっと苦手な食べ物ベスト5」は……。基本的に食べられないものがないので、非常に悩む。あ、ウサギ肉は宗教上の理由（ウサギ教）から、可能なかぎり食べないことにしている。それぐらいだ。なんだ、ウサギ教って。

みなさんも、レッツ「なんでもベスト5」！　覗《のぞ》きたくもない自身の内面を、覗き見られるかもしれません……。

特別解説：「ウサギ教」

ウサギ教とは、地球上に棲息《せいそく》するウサギを崇《あが》める教団。

ウサギ教のバイブル。

『ピーターラビット』だったり『しろいうさぎとくろいうさぎ』だったり、ひとそれぞれ。私のバイブルをあえて挙げると、『うさぎの島』（イエルク・シュタイナー／ほるぷ出版）。食肉用に工場で飼育されている灰色のうさぎが、新入りの茶色いうさぎと脱走し、外の世界を見るのだが、結局は工場暮らしのほうを選ぶ……という哀しい絵本。写実的な絵が、やるせなさを倍増させる。地球上に棲息するウサギたちに読み聞かせて、工場暮らしを選ばないよう説得したい。

ウサギ教の教義。

特にない。愛のあまり、ウサギ肉を好物とするものも、ウサギコスチュームを見て興奮するものもいる。私は前述のとおり、ウサギ肉を食べないという形で、ウサギへの愛を表明している。それを食べないと人間同士の友好関係にヒビが入るとか、飢えて死ぬしかないという場合には、一考する。非常にゆるやかな教義である。

ウサギ教徒の特徴。

「棚にウサギの置物がある」「ウサギのぬいぐるみを所有している」などが挙げられる。泉鏡花《いずみきようか》もウサギの置物を集めていたそうで、ウサギ教に入信していたのではないかと推測される。

ウサギ教との出会い。

私の場合は、「ウサギを飼っていたから」という単純な理由。あんなにかわいくておバカな生き物はいない。ふうふう（興奮）。

ウサギ教徒の言動。

先日、サファリパークへ行ったところ、一画に「ふれあい広場」みたいなものがあり、ウサギを自由に触ることができるようになっていた。

私はすぐさま柵《さく》を乗り越えたかったのだが、残念ながら、「ふれあい広場」でウサギと戯《たわむ》れているのはチビッコだけだった。

あのときほど、「子どもがいれば……！」と思ったことはない。我が子のつきそいという名目で、存分にウサギを抱けたのに！

柵の外から、チビッコとウサギが溶けそうなほど、熱いうらやみの視線を注いだ。

変質者として通報されてもおかしくない。それがウサギ教徒だ。

あとがき　ヒゲもじゃアドミラル

この本を作るにあたり、脳細胞を絞りに絞って、語尾に「ラル」がつく言葉を考えた。「ラル○・アン・○エル」、語尾じゃないうえにバンド名！「ランバ・ラル」もしくは「ジンバ・ラル」、語尾っていうか『ガンダム』の登場人物名！限界だ。これ以上、語尾が「ラル」な単語は思いつかん！

かくのごとき死闘を（脳内で）繰り広げ、なんとかひねりだした総タイトルおよび章タイトルなのだった。そしていま気づいたのだが、「まえがき」の「インペリアル」は、語尾が「ラル」じゃない！　もういい、見なかったことにする。

タイトル関係の語尾は、す・べ・て（↑強調）「ラル」で統一しております！

「あとがき」の「アドミラル」は、「提督、海軍大将」という意味だ。涙目になって、「なにかないかー」と辞書をめくっているときに発見した。そこに「ヒゲもじゃ」という言葉をくっつけたのは、私の趣味だ。ヒゲもじゃの海軍大将。いいわー、好みだわー。

さて、我が漫画愛好友だちにして炎の担当編集者・Uさんは、いついかなるときも滾《たぎ》る情熱で私を鼓舞してくれるのだが、たまに情熱が行きすぎて、なんかよくわかんないことになっている。

一年ほどまえであろうか。Uさんは仕事で某試写会に行き、舞台挨拶《あいさつ》に来た某俳優を至近距離で見たのだそうだ。

「映画を見終わって、映画館のトイレから出たら、狭い通路に彼が立ってたんですよ！」

と、ものすごい興奮状態で電話がかかってきた。私もその俳優は好きなので、

「いいな、Uさん！　うらやましい！」

と、ギリギリとハンケチを噛《か》みしめる。「実際に見た彼は、どんな感じでしたか？やっぱり恰好よかった？」

「それはもちろん！　舞台挨拶で座席から遠目に見たときは、率直に言って『案外、足が短いかも』と思ったんですけど（↑失礼な）、通路で彼のまえを通ったときにはもう、もう！　あんなに恰好いいひと、街で見かけたことありません！」

そりゃあ、街にポコポコいるようなレベルでは、「恰好いい芸能人」としてはやっ

ていけないだろう。そう思いつつも、「ふんふん」と聞いていたら、Uさんはますますヒートアップして、

「しかも、目が合ったんですよ！」

と言いだした。「中森明菜《なかもりあきな》の『スローモーション』がBGMとして流れましたね（脳内に）。あの出会いの瞬間、ほんとに景色がスローモーションになり、軽いめまいを誘われましたね！」

「うん、いや、『出会い』ではないよね。ただ単に、彼のまえを通りすぎただけなんだから」

と言っても、聞いちゃいねえ。

「私はここのところずっと、脳内フィルムが擦り切れるぐらい、あの出会いを反芻《はんすう》しつづけています。ふとしたきっかけで、脳内上映会が開始されちゃうのです。あますところなく彼と私の出会いの瞬間を上映し終えるまでに、毎回、優に一時間はかかります」

「えーと、落ち着いてくださいよ。一時間って、ずいぶん引きのばされてませんか。だって、目が合っただけなんでしょ？」

「その一瞬が、私のなかでは一時間に等しいのです！」

……。どんな凄腕《すごうで》の映像編集マンでも、撮影してもいない映像をもとに、一時間の作品にすることはできまい。「目が合った一瞬」って、つまり「画像」ってことでしょ。単なる「画像」を、脳内で一時間もの「映像」に改変して記憶するとは……。そもそも「目が合った」というのもUさんの勘違いじゃないか？　なんか視界の端に、動くもの（その正体は、トイレから出てきたUさん）があるなあと思って、某俳優は反射的にちょっと眼球を動かした、ってだけのことじゃないか？

まあいい。記憶とは脳内リピートするうちに、都合のいい部分はどんどん長く、ねっちりしていくものだしな。

と思っていたところ、つい先日もUさんから電話がかかってきた。またべつの某俳優を、至近距離で見る機会を得たらしいのだ。

「今度も仕事ですか？」

「プライベートなわけないじゃないですか、仕事ですよ。しかも、そのとき私は何年ぶりかの休暇中だったのですが、喜んで休みを返上し、馳《は》せ参じてしまいました」

おそるべきバイタリティだ、Uさん。

「今度は三分ほど、間近で眺めることができました」

「ということは、脳内上映時間は……」

「現在のところ、三時間ほどですね」

「現在のところ、って、これからまだ長くなる可能性があるってことですか」

「三分間の素材を、どんどん微分していってますからね」

『ロード・オブ・ザ・リング』かよ！　スペシャルエクステンデッドエディションかよ！

「それ、最終的には何時間になるんですか……」

と、ぶるぶる震える。

「さあ……。そろそろ脳内プロデューサーから、『Uくん、もっとコンパクトにまとめてくれたまえ』と横槍《よこやり》が入るころかもしれません。うっかり上映スイッチが入ると、なにしろ一回が長いもので、仕事が手につかなくて大変なんです」

と、Uさんは満更でもなさそうに言った。

うーん、すごい。Uさんの長大にして細部にまで異様にフォーカスされた脳内映像を聞くにつけ、楽しい気持ちになってくるのだった。いついかなるときも、前向きに発揮される想像力。たった三分を、明るく彩《いろど》られた至上の三時間に変換する才能。すばらしい。

「これこそが、なんてことない日常を豊かにする秘訣《ひけつ》かもしれませんね――

と私は言った。

「そうですよ！」

とUさんは言った。「ていうか、そうでも思ってないと、私たちは想像力の無駄弾《むだだま》を撃ちまくってるだけ、ってことになっちゃいますからね。しをんさんも、積分より微分の発想が得意でしょ？」

「言われてみれば、たしかに。ひとつのちっちゃい事柄を、脳内でいつまでもいつまでも分析しては、あれこれのエピソードを捏造《ねつぞう》しているほうです」

「たった一瞬の出来事から、大長編ドラマだって作りあげてみせる。そういう心意気ですよね」

「まあ心意気というか、たとえば恋愛って総じてそういうもんじゃないですか？　脳内微分エピソードだけで、私はいつもおなかいっぱいなんだけど」

「うわー、いま、電話口から香ばしい感じのにおいが漂ってきたなー。私は、そこまでじゃありませんから。いやあ、その局面（恋愛）での微分はやめたほうがいいと思う！」

　裏切り者！　三分を三時間にしてるくせに！　「いまは私もデジタル機材を脳内導入したので、フィルムが擦り切れる心配もなく、繰り返し上映できます」とか、意味わかんない譫言《うわごと》を言ってたくせに……！

お疲れさまでした。今回の上映は以上であります。またのお越しを心よりお待ちしています。

どうもありがとうございました。

二〇〇七年十一月

三浦しをん

文庫版あとがき

はい、無事にリバイバル上映（文庫化）が終わりましたが、いかがでしたでしょうか。リバイバル上映してもらって大丈夫だったのか、これ。あまりにアホすぎる内容に、いまそんな不安もむくむくこみあげている。みなさーん、ついてきてくださってますかー。

……返事が聞こえないので、一人で勝手に話を進めますとですね。この『悶絶スパイラル』をもって、「週に一度のエッセイ連載シリーズ」は、いちおう終了です。太田出版のUさんはじめ、単行本刊行時にお世話になったみなさま、どうもありがとうございました。文庫の歴代担当者のみなさまにも、御礼申しあげます。

このシリーズの文庫カバーイラストを、今回も含めて四冊描いてくださっているのは、松苗あけみさんです。みなさま、お気づきでしたでしょうか。カバーに描かれたかわいい人物が、巻を追うごとに増えてます！『悶絶スパイラル』に描かれているのは四人なので、「四冊目なんだな」と一目瞭然《りょうぜん》。

　時系列順にエッセイを読んでみよう、という奇特なかたがいらっしゃいましたら、カバーに登場する人物の数でご判断ください。あ、もちろん、内容は十年一日の日常話なので、この文庫からいきなり読んでいただいても問題ありません。内容のアホさかげんには、問題大ありですが。

　今回は巻末に、松苗あけみさんの解説漫画が収録されています！　こんな贅沢《ぜいたく》なことがあっていいのか。松苗さんの作品をずっと愛読してきた身としては、随喜《ずいき》の涙を流して感謝の舞いを奉納せずにはいられぬ。松苗先生！　ヴィゴとの子づくり、諦《あきら》めていませんよー。イメトレは完璧《かんぺき》です！　あと、愚弟を実像とかけはなれた美形に描いていただき、「ちえぇぇぇ、あいつ（愚弟）め！」と悔しいような、「これが万が一、やつの目に触れたら、いままでネタにしてきたことがことごとくバレ、まじで俺、抹殺される……！」と海外逃亡の準備をはじめたいような（苦手なので飛行機に乗れませんが）、なんかもうとにかく、じっとしていられない気持ちです。本当にどうもありがとうございます！

　さて、当時なぜエッセイの連載を終了したかというと、週に一度書くのがめんど……、いやいや、なんでもない。

まあ簡単に言えば、二週間ぐらい家から出ず、だれともしゃべらない生活なので、エッセイのネタが集まらなくなった。つい先日も、「あんた、そんなに働いて、体でも壊したらどうするの」と母に詰問され、「べつにそこまで働いてないけど……。じゃあ、老後の心配をしなくてすむように、アラブの富豪とか連れてきてよ」と答えたところ、「富豪は自分で探しなさい！」と怒られた。探しにいく時間がないんだっつうの！……時間の問題じゃない気もするが。

時間といえば、経《た》つのが速いと相場が決まっているものでして（↑マクラ）、「新作落語『カツラ山』」に出てきた姉◯マンションでげすがね。いま読み返すと、なんのことか一瞬わからない。文字化けかと思った。あのころ、マンションの耐震偽装問題が話題になっていたのである。そして、その渦中《かちゆう》にいたひとの頭髪も偽装……、というかカツ……。念のため、注釈でした。

文庫化の作業をしていて、いつも思うのは、「なんだか楽しそうだな」ということだ。時間がアホさを浄化したのだろうか。浄化されてない！という声が聞こえた気がするが、聞こえないふりで、一人で勝手に話を進めますとですね。エッセイなので、実際にあった事柄を書いているわけだが、それはあくまで「私」の視点で見た「実際にあった事柄」である。そして、その「私」も、日々刻々と移り変わっているわけで、いまの私とはどこかがちがう。

結果として、たった数年であっても、時間を経てから読み返すと、フィクションのように感じられるというか、「なんだかこのひとたち、楽しそうだな」と他人事《ひとごと》みたいに思える。他人事とでも思わないと耐えられないほど、恥満載とも言えるけれど。

しかし、それは逆に言えば、いまこの瞬間、特に楽しいことなどないように思える毎日にも、実はいろんなドラマがひそんでいる、ということだろう。そのことに気づけないまま過ぎていってしまう日常も、「記録」や「記憶」に残した時点で、「フィクション化（＝物語化）」の道筋をたどる。時間という名の魔法、その不思議を思わずにはいられない。

物語には、微細な部分にもドラマが宿っているという、このうえなくうつくしい真実を明らかにする機能がある。しかし同時に、事実を都合のいいように（ときとして無意識的に）改竄《かいざん》する機能もある。

ひとはなぜ、物語を必要とするのか。エッセイと小説を並行して書くことで、私はいつもこの疑問に直面させられてきた気がする。答えはまだ出ないので、これからもエッセイと小説を書いていければいいなと思っている。

ま、なんかちょっと真面目《まじめ》っぽいこと言いましたが、大半の時間は、「あー、腹へった」「うー、漫画読もうっと」ばっかり考えてるんでげすがね。本書をお読みになったかたには、もうばれているでしょう……。エッセイの残酷な機能のひとつは、事実を白日のもとにさらしてしまう、ということだな。

私も、「今日はさわやかな五月晴れだったので、家じゅうのベッドからシーツをはがして洗濯し、夫と子どもを送りだしたあとは、紅茶をいれて一息。愛猫のミーちゃん（ペルシャ猫）をブラッシングするついでに、全身の毛を三つ編みにしてあげました」ってエッセイを書きたいよ！　嘘《うそ》。シットをなすりつけてやるよ、そんなエッセイ！　洗濯すべきシーツは常に一枚ぽっきりだよ、悪いか！

自分で書いて、自分で怒る。ある意味、完璧《かんぺき》なる自給自足だ。どうしようかなあ、「アンジーよりもきみの生きかたのほうが見習うに値すると思うんだ」なんて、ブラピがうちに来ちゃったら。

……やっぱり楽しそうだな、俺。おめでたい！

読んでいただき、どうもありがとうございました。

二〇一二年七月

三浦しをん

三浦しをん先生にお話したいあれこれ
松苗あけみ
三浦しをんエッセイ愛読者の皆様、毎回カバーイラストを描かせていただいてるオバ漫画家の松苗あけみです。
どすこい
いきなりのドタ出、申し訳ないです。
それにつけても三浦しをん先生って、今、すごくないですか？
デビュー作が、2000年の「格闘する者に○」。2006年には、「まほろ駅前多田便利軒」で直木賞。さらに2012年に「舟を編む」で、本屋大賞。
格闘する者に○
三浦しをん
だが、しかし！
その、本屋大賞の授賞式で、しをん先生はあろうことか、
この副賞の10万円で、
漫画いっぱい買います！
言ってくれましたぁぁ!!
祝
こんな大胆なことを言ってのける作家がかっていただろうか。
男性作家では受賞後に、(芥川賞)“そろそろ風俗でも行こうかと”や“もらっといてやる”等の発言もあったけれど
“しをん先生の漫画買います！”のほうが実はずっと過激ではないだろうか？
しかもその「漫画」きっと半分はB・L《ボーイズラブ》作品……。先生ってば、有名無名作品問わずほとんど手当たり次第、――いえっ！
ああ私だってもっと若くてB・L作品が描ける漫画家だったならと、思わずにいられない。
B・Lの男子、かわいー♡
いや、若くてもB・L描くセンスないからムリですけど。
LOVE
BOYS
BOYS LOVE

そういえばしをん先生って毎日机に向かいひたすら自分と格闘の地味～な日々にもかかわらず、
（取材やイベント等、お忙しい日も多いでしょうが）
どうしてこうもエッセイのネタになるような面白い人々や物事に遭遇されてしまうのでしょうか
それともネタのほうから寄ってくるのか？
あ 三浦しをんセンセ、ネタです よろしくー
ぴくっ
ネタにされるほうもまさか自分が人気エッセイに登場しているとは知る由もないはず。
でも もしかしたら
おっ
こっ この蝶ネクタイにループタイの40代男性ってオレのこと？
しかも愛されてるし！
気づくかたもいたりして。
どーせあたしは怒りっぽいイカリちゃんよ
それにしてもしをん先生のご家族の楽しそうなこと。
一家揃ってお出掛けになることが多いのもほほえましい。
しかし神宮球場でゲイのカップルさんだのその隣に小指立ててるヅラおじさんだの何故よりにもよってしをん先生ご一家の前の席に座るのだろーか？
そのうえ、なぜかその席で歯磨きを始めるお母さまったら。
ちょ なんで歯磨きっ？
しゃく しゃく しゃく しゃくっ
え？
だって食べた後すぐ磨かないと虫歯になるでしょ
そしてお父さま、トイレの後に手を洗わないことそんなに自慢しないで下さい！
いや オレのチ●コは汚なくないぞ
ああ、それでも読者にとって一番、気になるしをん先生のご家族といったら、
やはり、あの人！

そう、やっぱり弟さん！
おいブタ
なななな、なんということを！
毎回々々、あろうことか才能溢れる嫁入り前の姉をつかまえてブタよばわり。
弟さんはきっと、本物のブタをご存知ないに違いない。
なによ中谷美紀オタ
しをん先生！
ブタってきっとB・L・オタの略ですよ！
ってBLファンのかたに悪いわ
ここで本物のブタが→
シャレにならん いや やめとく
BOYS LOVE LOVE
それでもやっぱり読者がつい乙女の妄想をしたくなってしまう点といったら
ねえ、しをん先生の弟さんてどんな素敵なかたなのかしら
そして妄想とは暴走するもの
メガネ男子できっと細身で！
きゃー
そう、きっと眼鏡の奥の視線はあくまでクール
中谷美紀と連れだって歩いてもおかしくないくらい長い手足で
女はヤセてるぶんには全然かまわないね－

どうやら清潔好きなかたらしい
今どき男子
じゃぶじゃぶ
お父さまがどれだけ頑固に
男はトイレの後に手など洗わん！
と、主張しようと
いや、洗うべきだろ
周囲のご親戚が宴会しようが、子供達が騒ごうが、
自身の瞑想に没頭できる強さがカッコイイ。
そんなクールなタイプながらも、
あの「電車男」には感動できる素直さもお持ちである。
とにかく中谷美紀！
当然しをん先生の実弟ともなれば頭脳明晰でいらっしゃるだろう
ということであと問題が残っているとすれば
基本、中谷美紀レベルに細くないと
「おい、ブタ」よばわり？
じゃあほとんどの女子はアウトですことよ！
でも中谷美紀より太っていたら「ブタ」ってことならそれは決して恥ずかしいことではないよーな
実は仲の良い姉弟間での愛情表現のひとつでしょう
弟さん、ナイス！

それにしても
しをん先生の
お友達との
カラオケや
お泊まり
パーティは
死ぬほど
面白そう
だから×××が
×××で
××なのよ
そう
△△△って
△△△だし
△△△よね
たとえ
お互いの話がそれぞれ
別の話題であったと
しても
特に
スターウォーズ
オタクの
ぜんちゃんの
うんちくは
私なら（SWオタ）
三日三晩でも
垂れ流されたい♡
ルークとベイダーの
父子設定は実は
アフレコの時まで
迷っていたとか
どうして
SWの主演俳優は
スターになれないの
だろーかとかね
ああ、
私好みの
マーク・ハミルと
ヘイデン・
クリステン
セン…
そしてそして
友人
あんちゃんとの
カラオケ大会
ぜひ一度
ドアの外から
盗み聞き
してみたい！
あなた達
'70年代半ば
生まれ世代で
なぜそこまで
阿久悠や松本隆で
盛り上がれるのかと
相撲の枡席のような
狭っ苦しい空間で
小一時間みっちりと
問い詰めたい！
50年代半ばは世代の
オバちゃんからな！
でも枡席…
私の体が入らんわ
そんな華やかな（？）
交友関係の中、
やはり
作家というのは、
孤独でハードな
日々を送るのが
常だろう。
今回のエッセイの中で
特に胸にせまったのが、
寒い中、寝巻きに
マフラーを巻いただけの
姿で夜の中、
天丼を求めて
さすらう
エピソード。
ぐすん
きゅるるる
食いしん坊万歳な
私にとって涙なくして
読めません。
思い出すだけで、
ああ、天丼が無性に
食べたくなる…！
この時の
しをん先生に
差し入れたいのは
今なら断然
スカイツリー丼！

それはそうと しをん先生 〝ヴィゴ・モーテンセンの子供を産む〟計画のほうは もうすっかり忘却の彼方でしょうか
実は私もヴィゴオタでちょっと気になって
アラゴルンカコイイ 馬もスキで「ヒダルゴ」11回も観にいったし 「イースタン・プロミス」もキャーッ
当時から不思議に思っていたのは しをん先生の男性の好みに対する幅の広さが尋常でないこと
ひょろ〜
おい
だってオダギリジョーとヴィゴとでは顔のりんかく＆男の濃度が真逆ではないですか？
美形ヘタレアジアン カオ・ちっさー
北欧系 四角型 みごとなケツアゴ
女にモテたいとか一度も考えたコトないよ、このヒト
いつも服や髪がダブダブに見えるー♥
まあ、しをん先生ご自身が細面の卵型でいらっしゃるので産まれてくる子供のりんかくの心配はそれほどいらないか？
私なんぞ、自分で産まず飼い猫に10匹も赤ちゃん産ませてしまいましたが、
私の産む子供より
ぜったい猫の仔のほうがみためカワイイから
ホホホ
しをん先生にはこれからも人生の夢計画や妄想などガンガン語っちゃってほしいです！
次々と名作を発表されるかたわらでこれからも面白おかしくビロウなエッセイをどうかひとつ——。

◆END◆

この作品は二〇〇八年一月太田出版より刊行された。

角田光代著

キッドナップ・ツアー

産経児童出版文化賞・路傍の石文学賞受賞

私はおとうさんにユウカイ(=キッドナップ)された! だらしなくて情けない父親とクールな女の子ハルの、ひと夏のユウカイ旅行。

角田光代著

おやすみ、こわい夢を見ないように

もう、あいつは、いなくなれ……。いじめ、不倫、逆恨み。理不尽な仕打ちに心を壊された人々。残酷な「いま」を刻んだ7つのドラマ。

角田光代著

さがしもの

「おばあちゃん、幽霊になってもこれが読みたかったの?」運命を変え、世界につながる小さな魔法「本」への愛にあふれた短編集。

角田光代著

しあわせのねだん

私たちはお金を使うとき、べつのものも確実に手に入れている。家計簿名人のカクタさんがサイフの中身を大公開してお金の謎に迫る。

角田光代著

くまちゃん

この人は私の人生を変えてくれる? ふる/ふられるでつながった男女の輪に、恋の理想と現実を描く共感度満点の「ふられ小説」。

角田光代著

私のなかの彼女

書くことに祖母は何を求めたんだろう。母の呪詛。恋人の抑圧。仕事の壁。全てに抗いもがきながら、自分の道を探す新しい私の物語。

梨木香歩著
裏庭
児童文学ファンタジー大賞受賞

荒れはてた洋館の、秘密の裏庭で声を聞いた——教えよう、君に。そして少女の孤独な魂は、冒険へと旅立った。自分に出会うために。

梨木香歩著
西の魔女が死んだ

学校に足が向かなくなった少女が、大好きな祖母から受けた魔女の手ほどき。何事も自分で決めるのが、魔女修行の肝心かなめで……。

梨木香歩著
からくりからくさ

祖母が暮らした古い家。糸を染め、機を織る、静かで、けれどもたしかな実感に満ちた日々。生命を支える新しい絆を心に深く伝える物語。

梨木香歩著
りかさん

持ち主と心を通わすことができる不思議な人形りかさんに導かれて、古い人形たちの遠い記憶に触れた時——。「ミケルの庭」を併録。

梨木香歩著
家守綺譚

百年少し前、亡き友の古い家に住む作家の日常にこぼれ出る豊穣な気配……天地の精や植物と作家をめぐる、不思議に懐かしい29章。

梨木香歩著
ぐるりのこと

日常を丁寧に生きて、今いる場所から、一歩一歩確かめながら考えていく。世界《ぐるり》と心通わせて、物語へと向かう強い想いを綴る。

佐藤多佳子著　しゃべれども しゃべれども

頑固でめっぽう気が短い。おまけに女の気持ちにゃとんと疎い。この俺に話し方を教えろって？「読後いい人になってる」率100％小説。

佐藤多佳子著　サマータイム

友情、って呼ぶにはためらいがある。だから、眩しくて大切な、あの夏。広一くんとぼくと佳奈。セカイを知り始める一瞬を映した四篇。

佐藤多佳子著　黄色い目の魚

奇跡のように、運命のように、俺たちは出会った。もどかしくて切ない十六歳という季節を生きてゆく悟とみのり。海辺の高校の物語。

西條奈加著　善人長屋

差配も店子も情に厚いと評判の長屋。実は裏稼業を持つ悪党ばかりが住んでいる。そこへ善人ひとりが飛び込んで……。本格時代小説。

西條奈加著　閻魔の世直し　―善人長屋―

天誅を気取り、裏社会の頭衆を血祭りに上げる「閻魔組」。善人長屋の面々は裏稼業の技を尽し、その正体を暴けるか。本格時代小説。

西條奈加著　上野池之端　鱗や繁盛記

「鱗や」は料理茶屋とは名ばかりの三流店。名店と呼ばれた昔を取り戻すため、お末の奮闘が始まる。美味絶佳の人情時代小説。

恩田陸著

球形の季節

奇妙な噂が広まり、金平糖のおまじないが流行り、女子高生が消えた。いま確かに何かが大きく変わろうとしていた。学園モダンホラー。

恩田陸著

六番目の小夜子

ツムラサヨコ。奇妙なゲームが受け継がれる高校に、謎めいた生徒が転校してきた。青春のきらめきを放つ、伝説のモダン・ホラー。

恩田陸著

不安な童話

遠い昔、海辺で起きた惨劇。私を襲う他人の記憶は、果たして殺された彼女のものなのか。知らなければよかった現実、新たな悲劇。

恩田陸著

ライオンハート

17世紀のロンドン、19世紀のシェルブール、20世紀のパナマ、フロリダ……。時空を越えて邂逅する男と女。異色のラブストーリー。

恩田陸著

図書室の海

学校に代々伝わる〈サヨコ〉伝説。女子高生は伝説に関わる秘密の使命を託された――。恩田ワールドの魅力満載。全10話の短篇玉手箱。

恩田陸著

夜のピクニック

吉川英治文学新人賞・本屋大賞受賞

小さな賭けを胸に秘め、貴子は高校生活最後のイベント歩行祭にのぞむ。誰にも言えない秘密を清算するために。永遠普遍の青春小説。

夏目漱石著

吾輩は猫である

明治の俗物紳士たちの語る珍談・奇譚、小事件の数かずを、迷いこんで飼われている猫の眼から風刺的に描いた漱石最初の長編小説。

夏目漱石著

倫敦塔《ロンドンとう》・幻影《まぼろし》の盾《たて》

謎に満ちた塔の歴史に取材し、妖しい幻想を繰りひろげる「倫敦塔」、英国留学中の紀行文「カーライル博物館」など、初期の7編を収録。

夏目漱石著

坊っちゃん

四国の中学に数学教師として赴任した直情径行の青年が巻きおこす珍騒動。ユーモアと人情の機微にあふれ、広範な愛読者をもつ傑作。

夏目漱石著

三四郎

熊本から東京の大学に入学した三四郎は、心を寄せる都会育ちの女性美禰子の態度に翻弄されてしまう。青春の不安や戸惑いを描く。

夏目漱石著

それから

定職も持たず思索の毎日を送る代助と友人の妻との不倫の愛。激変する運命の中で自己を凝視し、愛の真実を貫く知識人の苦悩を描く。

夏目漱石著

門

親友を裏切り、彼の妻であった御米と結ばれた宗助は、その罪意識に苦しみ宗教の門を叩くが……。「三四郎」「それから」に続く三部作。

新潮文庫最新刊

三川みり著

龍ノ国幻想1 神欺く皇子

皇位を目指す皇子は、実は女！　一方、その身を偽り生き抜く者たち――命懸けの「嘘」で建国に挑む、男女逆転宮廷ファンタジー。

津野海太郎著

最後の読書

読売文学賞受賞

目はよわり、記憶はおとろえ、蔵書は家を圧迫する。でも実は、老人読書はこんなに楽しい！　稀代の読書人が軽やかに綴る現状報告。

石井千湖著

文豪たちの友情

文学史にその名の轟く文豪たち。彼らの人間関係は友情に留まらぬ濃厚な魅力に満ちていた。文庫化に際し新章を加え改稿した完全版。

野村　進著

出雲世界紀行

―生きているアジア、神々の祝祭―

出雲・石見・境港。そこは「心の根っこ」につながっていた！　歩くほどに見えてくる、アジアにつながる多層世界。感動の発見旅。

髙山正之著

変見自在 習近平は日本語で脅す

尖閣領有を画策し、日本併合をも謀る習近平。ところが赤い皇帝の喋る中国語の70％以上は日本語だった！　世間の欺瞞を暴くコラム。

永野健二著

経営者

―日本経済生き残りをかけた闘い―

中内㓛、小倉昌男、鈴木敏文、出井伸之、柳井正、孫正義――。日本経済を語るうえで欠かせない、18人のリーダーの葛藤と決断。

悶《もん》絶《ぜつ》スパイラル

新潮文庫　み－34－11

平成二十四年九月一日発行
令和三年九月十日五刷

著者　三《み》浦《うら》しをん

発行者　佐藤隆信

発行所　株式会社新潮社
郵便番号　一六二―八七一一
東京都新宿区矢来町七一
電話　編集部(〇三)三二六六―五四四〇
　　　読者係(〇三)三二六六―五一一一
http://www.shinchosha.co.jp

価格はカバーに表示してあります。

乱丁・落丁本は、ご面倒ですが小社読者係宛ご送付ください。送料小社負担にてお取替えいたします。

印刷・錦明印刷株式会社　製本・株式会社植木製本所

ISBN978-4-10-116761-9 C0195